A ILHA DO DOUTOR MOREAU

O livro é a porta que se abre para a realização do homem.

Jair Lot Vieira

H. G. WELLS

A ilha do doutor Moreau

Tradução, posfácio e notas
Laurent de Saes

VIA LEITURA

Título original: *The Island of Doctor Moreau*. Publicado originalmente em Londres em 1896. Traduzido a partir da 1ª edição.

Grafia conforme o novo Acordo Ortográfico da Língua Portuguesa.

1ª edição, 2018.

Editores: Jair Lot Vieira e Maíra Lot Vieira Micales
Edição de texto: Marta Almeida de Sá
Produção editorial: Carla Bitelli
Assistente editorial: Thiago Santos
Capa: Studio Mandragora
Preparação: Thiago de Christo
Revisão: Lygia Roncel
Editoração eletrônica: Estúdio Design do Livro

Dados Internacionais de Catalogação na Publicação (CIP)
(Câmara Brasileira do Livro, SP, Brasil)

Wells, H. G., 1866-1946.

A ilha do doutor Moreau / Herbert George Wells; tradução, posfácio e notas de Laurent de Saes. – São Paulo: Via Leitura, 2018.

Título original: *The island of Doctor Moreau*.

ISBN 978-85-67097-61-9

1. Ficção inglesa I. Saes, Laurent de. II. Título.

18-18627 CDD-823

Índice para catálogo sistemático:
1. Ficção : Literatura inglesa 823
Iolanda Rodrigues Biode – Bibliotecária – CRB-8/1001

VIA LEITURA

São Paulo: (11) 3107-4788 • Bauru: (14) 3234-4121
www.vialeitura.com.br • edipro@edipro.com.br
@editoraedipro @editoraedipro

Introdução

No dia 1º de fevereiro de 1887, o Lady Vain[1] naufragou após colidir com um navio abandonado, por volta de um grau de latitude sul e de 107 graus de longitude oeste.

Em 5 de fevereiro de 1888 – isto é, onze meses e quatro dias depois –, meu tio, Edward Prendick, um cavalheiro reservado, que certamente embarcara no Lady Vain em Callao[2] e que fora tido como afogado, foi resgatado, a cinco graus e três minutos de latitude sul e 101 graus de longitude oeste, de um pequeno barco aberto cujo nome era ilegível, mas que supostamente pertencera à desaparecida escuna Ipecacuanha.[3] Tão estranho foi o relato por ele apresentado do que lhe acontecera que o homem foi considerado demente. Posteriormente, alegou haver uma lacuna em sua mente, a partir do momento de sua escapada do Lady Vain. Seu caso foi, na época, discutido por psicólogos como um curioso exemplo de lapso de memória resultante de estresse físico e mental. A seguinte narrativa foi encontrada entre seus papéis pelo signatário deste texto, seu sobrinho e herdeiro, mas desacompanhada de qualquer pedido definitivo de publicação.

A única ilha cuja existência é conhecida na região em que meu tio foi resgatado é a Ilha Noble, uma pequena ilhota vulcânica e inabitada. Foi visitada em 1891 pelo navio de Sua Majestade Scorpion.[4] Na ocasião, um grupo de marinheiros desembarcou, mas não encontrou nenhum ser vivo no local, com exceção de curiosas mariposas brancas, alguns leitões e coelhos, e alguns

---

1. Senhora Vaidade, em português: à luz dos temas desenvolvidos por H. G. Wells ao longo da obra, o nome da embarcação pode aludir à vaidade e à arrogância daqueles que se aventuram em alto-mar com o objetivo de ter controle sobre seu destino. (N. T.)
2. Província do Peru em que se situa o principal porto do país. (N. T.)
3. Este é o nome atribuído à embarcação na primeira edição da obra. Em notas posteriormente escritas por Wells para as edições seguintes, o autor sugeriu trocar o referido nome por Red Luck (isto é, Sorte Vermelha), de maneira a expressar mais explicitamente a ação do acaso (associado à cor vermelha, do sangue) sobre os indivíduos, um dos temas centrais da obra. (N. T.)
4. Ao longo da história, diversos navios da marinha real britânica receberam o nome de *H.M.S. Scorpion*. Em 1863, por exemplo, um navio militar com esse nome foi construído na Grã-Bretanha para servir aos Estados Confederados da América durante a Guerra Civil dos Estados Unidos, sendo apreendido pelo governo britânico antes de sua partida. A embarcação naufragaria em 1903. (N. T.)

ratos um tanto peculiares. Assim, esta narrativa carece de confirmação quanto ao seu aspecto mais essencial. Feita essa ressalva, não parece haver mal em expor esta estranha história ao público, de acordo, como acredito, com as intenções de meu tio. Há, pelo menos, um aspecto a seu favor: meu tio desapareceu do conhecimento humano por volta de cinco graus de latitude sul e de 105 graus de longitude leste, e reapareceu na mesma parte do oceano após um espaço de onze meses. De alguma forma ele deve ter vivido durante aquele intervalo. E parece que uma escuna chamada Ipecacuanha, comandada por um embriagado capitão chamado John Davies, efetivamente zarpou de Arica,[5] com um puma[6] e alguns outros animais a bordo, em janeiro de 1887; que a embarcação era bastante conhecida em vários portos do Pacífico Sul; e que ela finalmente desapareceu daqueles mares (com uma quantidade considerável de copra[7] a bordo), saindo de Bayna rumo a seu destino desconhecido em dezembro de 1887, data que se concilia inteiramente com o relato de meu tio.

Charles Edward Prendick
(A história escrita por Edward Prendick)

5. Cidade portuária do Chile. (N. T.)
6. O puma, ou onça-parda, é uma raça de felinos carnívoros muito comum em toda a extensão do continente americano, inclusive no Chile. No Brasil, o puma também é conhecido como suçuarana e leão-baio. (N. T.)
7. Um dos principais produtos de exportação das ilhas do Pacífico, a copra, amêndoa de coco, é muito apreciada pelo óleo que dela se extrai, utilizado na fabricação de sabão. (N. T.)

Capítulo I – No bote do Lady Vain

Não proponho acrescentar nada ao que já foi escrito sobre o naufrágio do Lady Vain. Como todos sabem, ele colidiu com um navio abandonado, dez dias após deixar Callao. A chalupa, com sete dos tripulantes, foi encontrada dezoito dias depois, pela canhoneira de Sua Majestade Myrtle, e a história de suas terríveis privações tornou-se quase tão conhecida quanto o muito mais horrível caso do Medusa.[8] Devo, porém, acrescentar à publicada história do Lady Vain outra talvez igualmente horrível e muito mais estranha. Supôs-se, até o momento, que os quatro homens que estavam no bote faleceram, mas isso é incorreto. Tenho a melhor das provas para tal afirmação: eu era um dos quatro homens.

Porém, em primeiro lugar, devo declarar que nunca houve quatro homens no bote – eram três. Constans, que foi "visto pelo capitão pulando no barco",[9] felizmente para nós e infelizmente para ele, não nos alcançou. Quando desceu desde o emaranhado de cordas sob os esteios do gurupés[10] destroçado, uma pequena corda prendeu-se ao seu calcanhar assim que ele se soltou, e o homem ficou pendurado por um momento de cabeça para baixo antes de cair e colidir com algum mastro ou tábua que boiava na água. Remamos em sua direção, mas ele jamais emergiu.

Digo que felizmente para nós não nos alcançou, e posso quase dizer felizmente para ele, pois tínhamos conosco apenas um pequeno cantil de água e alguns biscoitos molhados do navio, tão súbito fora o alarme e tão despreparado era o navio para qualquer desastre. Pensamos que as pessoas na lancha estivessem mais bem

---

8. Referência ao famoso caso da fragata francesa Méduse, que, em 1816, colidiu, por incompetência de seu capitão, com a baía de Arguim, na costa da Mauritânia. Os quatrocentos homens a bordo tiveram de evacuar o navio, com cento e cinquenta e um deles numa balsa improvisada. Inicialmente rebocada pelas chalupas do navio, a balsa acabou sendo abandonada. Muitos dos homens na balsa foram engolidos pelo mar após uma forte tempestade; outros se rebelaram e foram mortos pelos oficiais a bordo, ao passo que os remanescentes recorreram ao canibalismo para poder sobreviver. Alguns foram atirados fora pela borda. Quando foi encontrada, treze dias após o naufrágio, a balsa trazia apenas quinze sobreviventes. O episódio inspirou o famoso quadro *A balsa da Medusa*, de Théodore Géricault (1818-1819). (N. T.)
9. *Daily News*, 17 de março de 1887.
10. Gurupés: mastro situado na proa de uma embarcação, em posição oblíqua, projetando-se para vante. (N. T.)

aprovisionadas (ao que parece, não era o caso), e tentamos chamá-las. Não podiam nos ouvir, e, na manhã seguinte, quando a garoa cessou – o que não ocorreu antes do meio-dia –, já não os podíamos avistar. Não podíamos nos levantar para olhar ao nosso redor, por conta da inclinação do barco. Os dois outros homens que haviam até então escapado comigo eram um homem chamado Helmar, passageiro assim como eu, e um marinheiro cujo nome desconheço – um sujeito baixo e robusto que gaguejava.

Por oito dias ficamos à deriva, famintos, e, depois de se esgotar nossa água, atormentados por uma sede intolerável. Após o segundo dia, o mar lentamente se reduziu a uma cristalina calmaria. É absolutamente impossível, para o leitor ordinário, imaginar aqueles oito dias. Felizmente para ele, não possui nada em sua memória em que possa se basear. Após o primeiro dia, pouco dissemos uns aos outros e permanecemos em nossos respectivos lugares no barco, olhando para o horizonte; ou então assistimos, com olhos que se tornavam maiores e mais abatidos a cada dia, à miséria e à fraqueza que tomavam conta de nossos companheiros. O sol se fez impiedoso. Quando a água se acabou, no quarto dia, já estávamos pensando em coisas estranhas, dizendo-as com nossos olhos; mas foi, acredito, no sexto dia que Helmar deu voz àquilo que estivera na mente de todos. Lembro que nossas vozes estavam secas e finas, de modo que nos inclinávamos uns sobre os outros e poupávamos nossas palavras. Lutei contra aquilo com todas as minhas forças; preferia que abríssemos um buraco no casco e morrêssemos juntos entre os tubarões que nos seguiam; mas, quando Helmar disse que, caso sua proposta fosse aceita, teríamos do que beber, o marinheiro passou para o seu lado.

Eu me recusava, entretanto, a tirar a sorte e, à noite, o marinheiro sussurrou algo a Helmar por diversas vezes; sentei-me à proa com meu canivete em minha mão, embora eu duvide que tivesse então forças para lutar; pela manhã, concordei com a proposta de Helmar e atiramos a moeda para determinar quem seria sacrificado. O azar caiu sobre o marinheiro; mas ele era o mais forte de nós e recusou-se a aceitar, atacando Helmar com suas mãos. Agarraram-se um ao outro e quase se levantaram. Arrastei-me pelo barco em sua direção, com a intenção de ajudar Helmar, segurando a perna do marinheiro; mas esse último se desequilibrou com o balanço do barco e os dois caíram sobre o alcatrate e rolaram juntos para o mar. Afundaram como pedras. Lembro-me de ter rido daquilo e de ter tentado entender por que tinha rido. O riso se apoderara repentinamente de mim como algo vindo de fora.

Deitei-me sobre um dos bancos por não sei quanto tempo, pensando que, se tivesse força, beberia água do mar e me enlouqueceria para morrer rapidamente. E, ali deitado, vi, com o mesmo interesse que teria tido por um quadro, uma vela avançando em minha direção na linha do horizonte. Minha mente devia estar vagueando e, no entanto, lembro-me muito distintamente de tudo o que aconteceu. Lembro-me de quanto minha cabeça balançava com as ondas e de como o horizonte, com a vela acima dele, dançava para cima e para baixo; mas também me recordo, com a mesma distinção, de ter tido a impressão de estar morto e de ter pensado ser uma zombaria que por tão pouco não tivessem chegado a tempo de resgatar-me em meu corpo.

Por um período que me pareceu interminável, permaneci deitado com minha cabeça sobre o banco, observando a escuna (era uma pequena embarcação, equipada, da popa à proa, como uma escuna) aproximar-se, elevando-se acima do mar. Ela continuou costurando para lá e para cá num amplo compasso, pois navegava à bolina.[11] Nunca passou pela minha cabeça tentar chamar sua atenção e não me lembro distintamente de nada após a visão de sua lateral, até que me encontrei numa pequena cabine na proa. Tenho uma vaga e parcial lembrança de ter sido erguido até o portaló[12] e de um grande semblante vermelho, sardento e cercado de cabelos ruivos encarando-me por sobre a amurada. Também tive uma desconexa impressão de um rosto sombrio, com olhos extraordinários, à proximidade do meu; mas pensei tratar-se de um pesadelo, até encontrá-lo novamente. Acredito lembrar-me de algo sendo despejado entre meus dentes; e isso é tudo.

11. Navegar à bolina (ou de contravento): técnica de navegação que consiste em avançar em zigue-zague contra o vento em situações em que ele não se mostra favorável. (N. T.)
12. Portaló: abertura no casco de um navio por onde entram e saem pessoas e cargas. (N. T.)

Capítulo II – O homem que não ia a lugar nenhum

A cabine em que me encontrei era estreita e um tanto desarrumada. Um homem assaz jovem, de cabelos louros, bigode hirsuto e cor de palha, e lábio inferior pendente, estava sentado ao meu lado, segurando meu pulso. Por um minuto, encaramo-nos um ao outro, sem falar. Ele tinha olhos cinzentos e marejados, estranhamente carentes de expressão. Então, de cima de nossas cabeças, veio um som semelhante ao de um leito de ferro sendo golpeado, e o baixo e furioso grunhido de algum grande animal. No mesmo instante, o homem falou. Repetiu sua pergunta:

– Como se sente agora?

Acredito ter dito que me sentia bem. Não conseguia me lembrar de como havia chegado ali. Ele deve ter lido a pergunta em meu rosto, pois eu não conseguia acessar minha voz.

– O senhor foi encontrado num bote, faminto. O nome inscrito no bote era Lady Vain e havia manchas de sangue no alcatrate.

Naquele mesmo instante meus olhos depararam com minha mão, tão magra que parecia uma bolsa de pele suja e repleta de ossos soltos, e tudo o que acontecera no barco voltou à minha mente.

– Beba um pouco disto – ele disse, oferecendo-me uma dose de algum líquido escarlate e gelado.

Tinha gosto de sangue e fez com que eu me sentisse mais forte.

– O senhor teve sorte – ele disse – de ter sido resgatado por uma embarcação com um médico a bordo.

Ele salivava ao articular e falava com uma espécie de ceceio.

– Que navio é este? – perguntei lentamente, com a voz rouca após meu longo silêncio.

– É um pequeno navio mercante de Arica e Callao. Nunca perguntei de onde veio na origem... da terra dos tolos, imagino. Eu mesmo sou um passageiro vindo de Arica. O tolo idiota a quem o navio pertence – ele é também o capitão, chamado Davies – perdeu seu certificado ou algo parecido. O senhor deve conhecer o tipo... Deu à coisa o nome de Ipecacuanha, entre todos os nomes tolos e infernais; apesar disso, quando há muito mar e nenhum vento, ela certamente cumpre o seu papel.

(Então, o ruído acima de minha cabeça recomeçou: um grunhido raivoso e a voz de um ser humano combinados. Em seguida, outra voz, dizendo a algum "idiota esquecido por Deus" para desistir.)

– O senhor estava quase morto – disse meu interlocutor. – Realmente, faltava muito pouco para isso. Mas injetei-lhe algo há pouco. Percebe a dor em seu braço? Injeções. O senhor permaneceu inconsciente por quase trinta horas.

Minha mente funcionava lentamente (eu estava distraído agora pelos latidos de um bando de cães).

– Será que eu poderia ter algum alimento sólido? – perguntei.

– Graças a mim – ele disse. – Neste exato momento, uma carne de carneiro está sendo cozida.

– Sim – eu disse com segurança –; eu poderia comer um pouco de carneiro.

– Mas – ele disse com momentânea hesitação – o senhor sabe que estou ansioso para saber como chegou a encontrar-se sozinho naquele barco. Maldito uivo! – Pensei ter detectado alguma desconfiança em seus olhos.

Subitamente, deixou a cabine, e o ouvi numa violenta controvérsia com alguém, que me pareceu responder-lhe com alguma algaravia ininteligível. A disputa soava como se tivesse se encerrado com pancadas, mas, quanto a isso, pensei ter sido enganado por meus ouvidos. Então, ele gritou com os cães e retornou à cabine.

– E então? – perguntou, no vão da porta. – O senhor começava a contar-me sua história.

Disse-lhe meu nome, Edward Prendick, e como eu encontrara na história natural um alívio para o tédio de minha confortável independência.

Pareceu interessado naquilo.

– Eu mesmo estudei um pouco de ciência. Tive aulas de biologia no University College...[13] tirei o ovário da lombriga, a rádula

13. Universidade pública em Londres fundada em 1826. Trata-se de uma das mais prestigiadas universidades britânicas e a primeira inteiramente secular. (N. T.)

do caracol, e todo o resto. Meu Deus! Isso foi há dez anos. Mas continue, continue! Fale-me sobre o barco.

Ele estava claramente satisfeito com a franqueza de minha história, a qual contei por meio de frases bastante concisas, pois sentia-me horrivelmente fraco; e, quando terminei, ele imediatamente retornou ao tópico da história natural e de seus próprios estudos de biologia. Começou a questionar-me minuciosamente sobre a Tottenham Court Road[14] e a Gower Street.[15] – Estaria a Caplatzi ainda florescendo? Que loja era aquela! – Ele claramente fora um estudante de medicina bastante ordinário; então, desviou-se incontinentemente para o tópico dos salões de música. Contou-me algumas anedotas.

– Abandonei tudo – ele disse – há dez anos. Como aquele ambiente era alegre! Mas banquei o tolo... e, antes dos vinte anos, já estava excluído de tudo aquilo. Ouso dizer que as coisas são diferentes agora. Mas devo ir até o idiota do cozinheiro e ver o que fez com o seu carneiro.

O grunhido vindo de cima recomeçou, tão subitamente e com tamanha fúria selvagem que me assustou.

– O que é isso? – chamei-o, mas a porta estava fechada. Retornou então com o cozido de carneiro, e eu estava tão excitado com seu apetitoso perfume que me esqueci do ruído da besta que me perturbara.

Após um dia de sono e alimentação alternados, eu estava suficientemente recuperado para deslocar-me de meu leito até a escotilha e ver as ondas verdes tentando acompanhar nosso ritmo. Julguei que a escuna navegava com vento de popa. Montgomery – esse era o nome do homem de cabelos louros – novamente apareceu enquanto eu me mantinha postado ali; pedi-lhe que me trouxesse roupas. Passou-me alguns de seus trajes de lona, pois os que eu vestia no barco haviam sido atirados ao mar. Eram um tanto largos para mim, pois ele era corpulento e tinha membros longos. Disse-me casualmente que o capitão estava quase completamente bêbado em sua cabine. Enquanto eu vestia as roupas,

14. Importante avenida do distrito de Fitzrovia, na parte central de Londres. (N. T.)

15. Rua do distrito de Bloomsbury, em Londres. Na Gower Street situam-se o University College London, assim como parte do University College Hospital. (N. T.)

comecei a fazer algumas perguntas sobre o destino da embarcação. Disse-me que esta se dirigia para o Havaí, mas que ele desembarcaria antes.

– Onde? – perguntei.

– Numa ilha, onde vivo. Até onde sei, ela não tem nome.

Encarou-me com seu lábio inferior pendente e, de súbito, pareceu-me tão intencionalmente estúpido que passou pela minha cabeça que ele desejava evitar minhas perguntas. Tive a discrição de não lhe perguntar mais nada.

Capítulo III – O rosto estranho

Deixamos a cabine e deparamos com um homem na gaiuta obstruindo nossa passagem. Mantinha-se sobre a escada, de costas para nós, espreitando pela escotilha. Pelo que pude ver, era um ser disforme, baixo, largo e desajeitado, com as costas curvadas, o pescoço felpudo e a cabeça afundada entre os ombros. Vestia uma roupa de sarja azul-escura e tinha cabelos peculiarmente grossos, ásperos e pretos. Ouvi os cães rosnando furiosamente e, de imediato, ele começou a descer – tocando a mão que eu estendera para afastá-lo de mim. Virou-se com ligeireza animal.

De maneira indefinível, o rosto negro que de súbito cruzou com meus olhos me chocou profundamente. Era deformado de modo distinto. A parte facial projetava-se para a frente, formando algo que remetia levemente a um focinho, e a enorme e semiaberta boca exibia os maiores dentes brancos que eu já vira numa boca humana. Seus olhos estavam injetados de sangue nos cantos com, quando muito, um arco branco em volta das pupilas castanhas. Havia um curioso lampejo de excitação em seu rosto.

– Que diabos o levem! – exclamou Montgomery. – Por que não sai do caminho?

O homem de rosto negro se pôs de lado sem dizer uma palavra. Avancei pela escada, encarando-o instintivamente enquanto subia. Montgomery permaneceu embaixo por um instante.

– Você sabe que nada tem a fazer aqui – disse em tom cauteloso. – Seu lugar é lá na frente.

O homem de rosto negro se encolheu.

– Eles... não me aceitam lá na frente – falou lentamente, e havia algo de estranho e rude em sua voz.

– Não querem você na frente? – disse Montgomery com voz ameaçadora. – Mas eu lhe ordeno que vá assim mesmo! – Estava prestes a dizer algo mais, mas olhou-me subitamente e seguiu-me pela escada.

Detive-me no meio da escotilha, olhando para trás, ainda atônito além de qualquer medida com a grotesca feiura da criatura de rosto negro. Nunca dantes eu contemplara um rosto a tal ponto repulsivo e extraordinário e, no entanto – se a contradição for crível –, tive, ao mesmo tempo, a estranha sensação de que, de alguma maneira, eu já encontrara exatamente os mesmos traços e gestos que agora me assombravam. Mais tarde, ocorreu-me que provavelmente o vira enquanto eu era trazido a bordo; todavia, isso pouco satisfez minha suspeita de um encontro prévio. Não obstante, eu não conseguia imaginar como alguém poderia deitar os olhos num rosto tão singular e esquecer em que precisa ocasião isso teria ocorrido.

O movimento que Montgomery fez de me seguir distraiu minha atenção; virei-me e olhei, ao meu redor, para o convés corrido da pequena escuna. Graças aos sons que tinha ouvido, eu já estava parcialmente preparado para o que então vi. Certamente jamais contemplei um convés tão sujo. Ele estava inundado de pedaços de cenoura, fragmentos de verdura e indescritível imundície. Preso por correntes ao mastro principal havia um bando de sinistros cães de caça que agora começavam a saltar e latir em minha direção; e, perto da mezena, um enorme puma se encontrava encolhido numa pequena gaiola de ferro, pequena demais até mesmo para que ele pudesse se mover. Mais distante, abaixo da amurada de estibordo, havia algumas grandes arcas repletas de coelhos e, à frente, uma lhama solitária se encontrava espremida em uma estreita gaiola. Os cães estavam amordaçados com correias de couro. O único ser humano no convés era um magro e silencioso marinheiro que segurava o leme.

As remendadas e sujas draivas[16] se estendiam com o vento, e lá no alto a pequena embarcação parecia sustentar todas as velas que possuía. O céu estava aberto, com o sol descendo a oeste; longas ondas, que a brisa cobria com espuma, corriam ao nosso lado. Passamos pelo timoneiro e rumamos para a balaustrada, de onde observamos a água espumando sob a popa e as bolhas dançando e desaparecendo em sua esteira. Virei-me e examinei a repugnante extensão da embarcação.

– Seria este um zoológico marítimo? – perguntei.

– É o que parece – disse Montgomery.

16. Draiva: vela que enverga na carangueja do mastro de ré. (N. T.)

– Para que servem esses animais? Mercadorias, raridades? O capitão acredita que irá vendê-los em algum lugar nos mares do sul?

– É o que parece, não? – disse Montgomery antes de voltar-se novamente para o rastro do navio.

Repentinamente ouvimos um ganido e uma salva de furiosas blasfêmias vindas da gaiuta; o homem deformado de rosto negro emergiu apressadamente. Era imediatamente seguido de um homem pesado, cujos cabelos ruivos estavam cobertos por um gorro vermelho. A visão do primeiro fez com que os cães, que estavam então cansados de latir para mim, ficassem furiosamente excitados, uivando e esticando suas correntes. O homem negro hesitou diante deles, o que deu ao ruivo tempo para alcançá-lo e desferir um tremendo golpe entre seus ombros. O pobre-diabo caiu como um boi abatido e rolou na sujeira entre os furiosamente excitados cães. Para a sua sorte, estavam amordaçados. O homem ruivo soltou um urro de exultação e permaneceu lá, cambaleante e, ao que me parecia, em sério perigo de cair para trás, pela escotilha, ou para a frente, sobre sua vítima.

Logo que o segundo homem apareceu, Montgomery avançou em sua direção:

– Pare com isso! – gritou em tom de repreensão.

Alguns marinheiros apareceram no castelo de proa.[17] O homem de rosto negro, uivando com voz singular, rolou no chão sob os pés dos cães. Ninguém procurou ajudá-lo. As bestas fizeram o que podiam para inquietá-lo, atingindo-o com suas mordaças. Houve uma rápida dança de seus flexíveis corpos cinzentos sobre a desajeitada e prostrada figura. Os marinheiros gritavam, como se diante de uma admirável exibição esportiva. Montgomery exclamou furiosamente e atravessou o convés a passos largos; eu o segui. O homem de rosto negro ergueu-se e cambaleou para a frente, avançando e debruçando-se sobre a amurada perto da enxárcia[18] grande, onde permaneceu, ofegante e encarando os cães por sobre o ombro. O homem ruivo riu com satisfação.

17. Castelo de proa: estrutura situada na extremidade da proa. (N. T.)
18. Enxárcia: conjunto de cabos (ovéns) que servem para içar, sustentar e operar as velas de uma embarcação. (N. T.)

– Escute-me bem, capitão – disse Montgomery ceceando de modo um pouco acentuado, agarrando o homem ruivo pelos cotovelos –, assim não vai dar!

Mantive-me atrás de Montgomery. O capitão deu meia-volta e encarou-o com os insípidos e solenes olhos de um homem bêbado.

– Que é que não vai dar? – perguntou e acrescentou, após olhar de modo sonolento por um instante para o rosto de Montgomery. – Maldito serrador de ossos!

Com um movimento repentino, ele desprendeu seu braço e, após duas malsucedidas tentativas, enfiou seus sardentos punhos em seus bolsos laterais.

– Este homem é um passageiro – disse Montgomery –, aconselho-o a manter suas mãos longe dele.

– Vá para o inferno! – disse o capitão ruidosamente. De repente, virou-se e cambaleou rumo à lateral. – Faço o que quero em meu navio – disse.

Acredito que Montgomery poderia tê-lo deixado em paz, vendo que o brutamontes estava bêbado; mas ele apenas ficou ainda mais pálido e seguiu o capitão até a amurada.

– Escute-me bem, capitão – ele disse –, aquele homem não deve ser maltratado. Ele foi humilhado desde que subiu a bordo.

Por um instante, vapores alcoólicos deixaram o capitão sem palavras.

– Maldito serrador de ossos! – foi tudo o que ele conseguiu dizer.

Eu podia ver que Montgomery tinha um desses gênios lentos e pertinazes que se aquecem dia após dia até explodir, sem jamais arrefecer ao ponto de perdoar; e vi também que aquela querela vinha crescendo havia algum tempo.

– O homem é um bêbado – eu disse, talvez oficiosamente. – Isso não adiantará nada.

Montgomery contorceu sem graça seu lábio pendente.

– Ele está sempre bêbado. O senhor pensa que isso é desculpa para agredir seus passageiros?

– Meu navio – disse o capitão, apontando tremulamente para as gaiolas – era um navio limpo. Olhe para ele agora! – Certamente não podia estar mais sujo. – Tripulação – continuou o capitão –, limpa e respeitável tripulação.

– O senhor aceitou trazer estes animais.

– Eu gostaria de nunca ter deitado os olhos em sua ilha infernal. Para que diabos alguém iria querer animais numa ilha como aquela? Além disso, aquele seu homem – se é que é um homem – é um lunático e não tinha nada a fazer na popa. O senhor pensa que o maldito navio inteiro lhe pertence?

– Seus marinheiros começaram a molestar o pobre-diabo assim que ele subiu a bordo.

– É exatamente isso que ele é: um diabo! Um horrível diabo! Meus homens não o podem suportar. Eu não o posso suportar. Nenhum de nós o pode suportar. Nem o senhor!

Montgomery se afastou.

– Deixe esse homem em paz, de qualquer modo – ele disse, acenando com a cabeça enquanto falava.

Mas, agora, o capitão queria lamuriar-se. Ele levantou a voz:

– Se ele voltar mais uma vez a esta ponta do navio, prometo que arrancarei suas entranhas. Arrancarei suas malditas entranhas! Quem é o senhor para dizer-me o que fazer? Digo-lhe que sou o capitão deste navio! Capitão e proprietário. Digo-lhe que, aqui, eu sou a lei... a lei e os profetas.[19] Concordei em levar um homem e seu criado a Arica e trazê-los de volta com alguns animais. Nunca concordei em carregar um diabo louco e um tolo serrador de ossos, um...

Bem, não importa do que ele chamou Montgomery. Vi esse último dar um passo adiante e intervim:

– Ele está bêbado – eu disse.

O capitão começou a proferir insultos ainda mais ultrajantes que os últimos.

– Cale-se – eu disse, voltando-me subitamente para ele, pois eu vira perigo na face branca de Montgomery. Com isso, atraí para mim a enxurrada de insultos.

Não obstante, eu estava feliz por ter afastado o que estava incomumente próximo de uma rixa, ainda que ao preço da etílica hostilidade do capitão. Não acredito ter ouvido linguagem tão vil ser proferida em fluxo contínuo por quaisquer lábios humanos

---

19. Trata-se de uma referência à *Bíblia*: "A Lei e os Profetas duraram até João" (Lucas 16:16). (N. T.)

anteriormente, embora tivesse frequentado companhias bastante excêntricas. Parte daquilo foi difícil de suportar, embora eu seja um homem de temperamento moderado; mas, quando ordenei ao capitão que se calasse, eu certamente me esquecera de que eu não era mais do que um destroço humano, privado de meus recursos e sem ter pago minha passagem; um mero dependente casual da generosidade, ou do espírito especulativo, do navio. Ele lembrou-me disso com considerável vigor; mas, em todo caso, eu evitara uma luta.

Capítulo IV – Na balaustrada da escuna

Naquela noite, a terra foi avistada após o pôr do sol e a escuna ancorou. Montgomery informou que aquele era seu destino. Esse último estava longe demais para que se vissem quaisquer detalhes; pareceu-me então simplesmente uma pequena faixa de azul-escuro no incerto mar azul-cinzento. Um traço quase vertical de fumaça se estendia da terra até o céu. O capitão não estava no convés quando a terra foi avistada. Após ter descarregado sua fúria em mim, desceu cambaleante e acredito que tenha ido dormir no chão de sua própria cabine. O imediato praticamente assumiu o comando. Era ele o magro e taciturno indivíduo que víramos segurando o leme. Aparentemente, estava irritado com Montgomery. Não deu qualquer atenção a nenhum de nós. Jantamos com ele em silêncio sepulcral, após alguns poucos e malsucedidos esforços de minha parte por iniciar uma conversa. Dei-me conta também de que os homens encaravam meu companheiro e seus animais de maneira singularmente hostil. Montgomery me pareceu bastante reticente quanto ao seu propósito com aquelas criaturas e quanto ao seu paradeiro; e, embora eu sentisse uma crescente curiosidade em relação a ambos, não o pressionei.

Permanecemos conversando no tombadilho até que o céu se enchesse de estrelas. Com a exceção de um som ocasional no iluminado castelo de proa e, de vez em quando, de algum movimento dos animais, a noite era consideravelmente silenciosa. O puma permanecia encolhido, encarando-nos com olhos brilhantes, como uma pilha negra no canto de sua gaiola. Montgomery ofereceu charutos. Falou-me de Londres num tom de reminiscência parcialmente dolorosa, fazendo todos os tipos de pergunta sobre as mudanças que lá se produziam. Falava como um homem que amara sua vida naquela cidade e fora súbita e irrevogavelmente arrancado dela. Fofoquei o tanto quanto pude sobre uma coisa ou outra. A esquisitice daquele homem ganhava corpo em minha mente e, enquanto eu falava, examinei sua estranha e pálida face sob a luz fosca da lanterna da bitácula atrás de mim. Então, olhei para o mar sombrio, em cuja obscuridade sua pequena ilha se escondia.

Aquele homem parecia-me ter saído da imensidão apenas para salvar minha vida. No dia seguinte, ele desembarcaria e desapareceria de minha existência. Mesmo em circunstâncias mais comuns, isso teria me deixado um tanto pensativo; mas havia, em primeiro lugar, a singularidade de um homem educado vivendo naquela pequena e desconhecida ilha e, além disso, a extraordinária natureza de sua bagagem. Encontrei-me repetindo a pergunta do capitão: o que ele queria com aqueles animais? Por que fingiu que não eram seus quando eu fizera minhas primeiras observações a respeito deles? Em seguida, havia, em seu criado pessoal, uma estranha qualidade que me impressionara profundamente. Tais circunstâncias lançavam uma aura de mistério sobre o homem. Elas tomaram conta de minha imaginação e travaram minha língua.

Por volta da meia-noite, nossa conversa sobre Londres se esgotou e permanecemos lado a lado, debruçados sobre a amurada e encarando, meditativos, o silencioso e estrelado mar, cada um seguindo seus próprios pensamentos. Era uma atmosfera para sentimentos e comecei por demonstrar minha gratidão.

– Se me permite dizê-lo – eu disse após algum tempo –, o senhor salvou minha vida.

– Acaso – respondeu. – Puro acaso.

– Prefiro endereçar meus agradecimentos ao agente acessível.

– Não agradeça a ninguém. O senhor tinha a necessidade e eu tinha o conhecimento; e tratei e alimentei o senhor assim como teria recolhido um espécime. Estava entediado e queria algo para fazer. Se eu estivesse aborrecido naquele dia ou não tivesse gostado da sua cara, bem... Pergunto-me onde o senhor estaria agora!

Aquilo arrefeceu um pouco meu ânimo.

– Assim mesmo – eu disse.

– É o acaso, repito – interrompeu –, assim como tudo na vida de um homem. Apenas os tolos se recusam a vê-lo! Por que estou aqui agora, um rejeitado da civilização, em vez de um homem feliz desfrutando dos prazeres de Londres? Simplesmente porque há onze anos... perdi minha cabeça por dez minutos numa noite nebulosa.

Deteve-se.

– Sim? – eu indaguei.

– É tudo.

Voltamos a ficar em silêncio. De repente, ele desatou a rir.

– Há algo nesta noite estrelada que desenreda a língua. Sou um tolo e, no entanto, de alguma forma, gostaria de lhe contar.

– O que quer que o senhor me conte, pode confiar que o guardarei para mim... se esse é o problema.

Ele estava a ponto de iniciar e, então, sacudiu a cabeça com um ar de dúvida.

– Não diga nada – eu falei. – Isso pouco me importa. No fim, é melhor guardar seu segredo. Não há nada a ganhar além de algum alívio, caso eu faça jus à sua confiança. Caso contrário... bem.

Ele grunhiu indecisamente. Senti que eu o deixara em desvantagem e que o surpreendera numa disposição para a indiscrição; e, para dizer a verdade, eu não estava curioso em saber o que poderia ter conduzido um jovem estudante de medicina para fora de Londres. Tenho uma imaginação vívida. Encolhi os ombros e me afastei. Sobre a amurada da popa, inclinava-se uma silenciosa silhueta negra, observando as estrelas. Era o estranho criado de Montgomery. Ao meu movimento, olhou rapidamente por sobre o ombro e, então, voltou a contemplar o céu.

Isso talvez possa parecer algo sem importância, mas atingiu-me como um golpe fulminante. A única luz perto de nós vinha de uma lanterna ao lado do leme. Por um breve instante, o rosto da criatura saiu da escuridão da popa para aquela iluminação e vi os olhos que me encararam brilhar com uma luz verde-pálida. Eu não sabia na época que uma luminosidade avermelhada, pelo menos, não é incomum em olhos humanos. A coisa me pareceu de forte inumanidade. Aquela figura negra, com seus olhos de fogo, derrubou todos os meus pensamentos e sentimentos adultos e, por um momento, os esquecidos horrores da infância retornaram à minha mente. Então, o efeito passou com a mesma rapidez com que viera. Uma grosseira e sombria fisionomia humana, uma fisionomia sem particular importância, debruçada sobre a amurada sob a luz das estrelas; percebi então que Montgomery falava comigo.

– Estou pensando em me recolher – disse –, caso o senhor já esteja cansado disto.

Respondi de forma incongruente. Descemos e ele me desejou boa-noite em frente à porta de minha cabine.

Naquela noite, tive alguns sonhos muito desagradáveis. A lua minguante emergiu tarde. Sua luz projetou um fantasmagórico raio branco através de minha cabine e produziu uma forma ameaçadora no assoalho, perto de meu leito. Então, os cães despertaram e começaram a uivar e a ladrar; de sorte que sonhei agitadamente e pouco dormi até a chegada da alvorada.

Capítulo V – O homem que não tinha para onde ir

De manhã cedo (era a segunda manhã desde a minha recuperação, e, acredito, a quarta desde o meu resgate), acordei em meio a uma avenida de tumultuosos sonhos – sonhos de armas e bandos uivantes – e me dei conta de uma voz rouca gritando acima de mim. Esfreguei os olhos e permaneci deitado, ouvindo o ruído, sem, por um instante, saber ao certo onde me encontrava. Então, veio um repentino tamborilar de pés descalços, o som de objetos pesados sendo atirados, um violento rangido e o estridor de correntes. Ouvi o cicio da água quando a embarcação inesperadamente voltou a movimentar-se, e uma espumante onda amarelo-esverdeada voou através da pequena janela redonda e a deixou gotejando. Vesti-me rapidamente e subi ao convés.

Enquanto subia a escada, vi contra o céu avermelhado – pois o sol ainda estava nascendo – as costas e o cabelo ruivo do capitão e, por sobre seu ombro, o puma girando desde um guincho preso ao cabresto da mezena.

O pobre animal parecia horrivelmente assustado e encolhido na parte de trás de sua pequena gaiola.

– Pela borda afora! – berrou o capitão. – Todos pela borda afora! Teremos um navio limpo assim que nos livrarmos deles.

Ele estava em meu caminho, de modo que eu tinha necessariamente de bater em seu ombro para alcançar o convés. Ele se virou com um sobressalto e cambaleou alguns passos para trás a fim de encarar-me. Não era necessário ser nenhum perito para saber que o homem ainda estava bêbado.

– Olá! – ele disse de um jeito estúpido; e então, à medida que a luz entrava em seus olhos: – Mas é o senhor... senhor?

– Prendick – respondi.

– Prendick, maldito! – exclamou. – Cale a boca... esse é o seu nome. Senhor Cale a Boca.

Não era uma boa ideia responder àquele bruto, mas eu certamente não esperava seu próximo movimento. Ele apontou para a passarela onde Montgomery se encontrava conversando com um enorme homem grisalho, o qual trajava roupas de flanela azul e parecia ter acabado de subir a bordo.

– Por ali, maldito senhor Cale a Boca! Por ali! – vociferou o capitão.

Assim que o ouviram falar, Montgomery e seu companheiro se viraram.

– O que o senhor quer dizer? – perguntei.

– Por ali, maldito senhor Cale a Boca... é isso que quis dizer! Pela borda afora, senhor Cale a Boca... e depressa! Estamos limpando o navio... limpando todo o bendito navio; e o senhor, pela borda afora!

Encarei-o confuso. Ocorreu-me então que aquilo era exatamente o que eu queria. A mera perspectiva de uma jornada como único passageiro daquele briguento beberrão não era algo cuja perda se haveria de lamentar. Voltei-me para Montgomery.

– Não posso recebê-lo – disse concisamente o companheiro de Montgomery.

– Não pode receber-me! – exclamei, perplexo. Ele tinha o rosto mais impassível e decidido que eu já havia visto.

– Escute-me – eu disse, voltando-me para o capitão.

– Para fora! – disse o capitão. – Este navio não é mais para bestas e canibais, e coisas piores que bestas. O senhor vai pela borda afora, senhor Cale a Boca. Se eles não podem recebê-lo, o senhor vai pela borda afora. Mas de qualquer forma o senhor vai... com seus amigos. É o fim dessa ilha para mim, para sempre, amém! Estou cheio dela.

– Mas Montgomery – apelei.

Ele contorceu seu lábio inferior e acenou desalentadamente com a cabeça para o homem grisalho ao seu lado, para indicar sua impotência em ajudar-me.

– Agora, vou cuidar do senhor – disse o capitão.

Iniciou-se então uma curiosa altercação a três. Alternadamente, apelei a um ou outro dos três homens – primeiro, ao homem grisalho para que me deixasse desembarcar, e então ao embriagado capitão para que me mantivesse a bordo. Cheguei a berrar súplicas aos marinheiros. Montgomery não disse uma palavra, apenas sacudiu sua cabeça.

– O senhor vai pela borda afora, é o que digo.

Enfim, devo confessar que minha voz falhou no meio de uma vigorosa ameaça. Senti uma rajada de histérica petulância, dirigi-me à popa e fiquei a olhar tristemente para o vazio.

Enquanto isso, os marinheiros avançavam rapidamente na tarefa de descarregar os pacotes e os animais engaiolados. Uma grande lancha, com duas velas alçadas, encontrava-se sob a escota da escuna; e aquela estranha variedade de bens era nela despejada. Não vi naquele instante os homens vindos da ilha que recebiam os pacotes, pois o casco da lancha me era escondido pela lateral da escuna. Nem Montgomery nem seu companheiro me deram qualquer atenção, ocupando-se em assistir e dirigir os quatro ou cinco marinheiros que estavam descarregando os bens. Encontrava-me alternadamente desalentado e desesperado. Por uma ou duas vezes, enquanto permanecia ali esperando que as coisas acontecessem, não pude conter o impulso de rir de meu miserável dilema. Sentia-me ainda mais abatido pela falta de um desjejum. Fome e carência de glóbulos sanguíneos privam um homem de toda a sua virilidade. Percebi muito claramente que não possuía energia nem para resistir ao que o capitão escolhera fazer para expulsar-me, nem para impor-me a Montgomery e seu companheiro. Então, aguardei passivamente meu destino; e o trabalho de transferir as posses de Montgomery para a lancha prosseguiu como se eu não existisse.

Agora que aquele trabalho estava terminado, iniciou-se uma luta. Sem oferecer grande resistência, eu era arrastado pela passarela. Naquele momento, notei a estranheza dos rostos sombrios dos homens que estavam na lancha com Montgomery; mas a lancha se encontrava agora inteiramente carregada e foi apressadamente afastada. Um intervalo crescente de água verde apareceu sob mim e eu resisti com todas as minhas forças para evitar cair de cabeça. Os homens na lancha gritavam debochadamente e ouvi Montgomery insultá-los; em seguida, o capitão, auxiliado por seu imediato e um dos marinheiros, arrastou-me até a popa.

O bote do Lady Vain estava a reboque; encontrava-se parcialmente cheio de água, não possuía remos e estava absolutamente desprovido de alimentos. Recusei-me a embarcar nele e atirei-me sobre o convés. No fim, despejaram-me no bote por meio de uma corda (pois não possuíam escada na popa) e me deixaram à deriva. Afastei-me lentamente da escuna. Numa espécie de estupor, assisti a toda a tripulação puxar o cordame, e, lenta mas firmemente, a embarcação se posicionou para pegar o vento; as velas vibraram e então se encheram à medida que o vento as atingia. Observei sua lateral deteriorada avançar acentuadamente em minha direção antes de ultrapassar-me e sair de meu campo de visão.

Não virei a cabeça para acompanhá-la. Inicialmente, mal podia acreditar no que havia acontecido. Encolhi-me no fundo do bote, atônito, olhando inexpressivamente para o mar vazio e oleoso. Dei-me conta de que voltara ao meu pequeno inferno particular, agora parcialmente inundado; olhando para trás, por sobre o alcatrate, vi a escuna afastar-se, com o capitão ruivo zombando de mim por sobre a balaustrada, e, rumando para a ilha, vi a lancha ficar cada vez menor, à medida que se aproximava da praia.

A crueldade daquela deserção tornou-se repentinamente clara para mim. Eu não tinha nenhum meio de alcançar a terra, a não ser que a correnteza me levasse para lá. Eu ainda estava fraco, é preciso lembrar, em razão de minha exposição no bote; estava faminto e muito frágil, ou teria tido maior ímpeto. Mas, naquelas condições, comecei a soluçar e a chorar, como não fizera desde quando era uma criancinha. As lágrimas corriam pelo meu rosto. Num surto de desespero, golpeei com os punhos a água no fundo do bote e chutei com selvageria o alcatrate. Rezei em voz alta para que Deus me deixasse morrer.

Capítulo VI – Os barqueiros de sinistra aparência

Os ilhéus, porém, vendo que eu realmente estava à deriva, apiedaram-se de mim. Avancei lentamente para leste, aproximando-me obliquamente da ilha; e então vi, com alívio histérico, a lancha girar e avançar na minha direção. Estava extremamente carregada, e pude perceber, à medida que ela se aproximava, o companheiro grisalho e de ombros largos de Montgomery sentado meio apertado entre os cães e as diversas caixas espalhadas pela proa. Aquele indivíduo me observava fixamente sem mexer-se ou falar. Perto da gaiola do puma, o aleijado de rosto negro me encarava também de modo direto. Havia, além disso, três outros homens – três estranhos sujeitos de aparência bruta, para quem os cães rosnavam selvagemente. Montgomery, que estava pilotando, conduziu o barco até onde eu me encontrava e, depois de se levantar, agarrou e amarrou a boça de meu bote à cana do leme para rebocar-me, pois não havia espaço a bordo.

Àquela altura, eu me recuperara da fase histérica e, com suficiente coragem, respondi à sua saudação enquanto ele se aproximava. Disse-lhe que o bote estava quase inundado e ele me entregou um balde. Fui sacudido para trás quando a corda se estendeu entre os barcos. Por algum tempo, dediquei-me a drenar a água do barco.

Foi apenas após tirar a água (a água fora embarcada, pois o bote estava perfeitamente intacto) que tive tempo de olhar novamente para as pessoas na lancha.

Constatei que o homem de cabelos brancos ainda me observava firmemente, mas com uma expressão, como eu agora imaginava, de alguma perplexidade. Quando meus olhos cruzaram com os seus, ele desviou o olhar para o cão que se sentara em seus joelhos. Como eu disse, era um homem de porte poderoso, com uma bela testa e traços um tanto marcados; mas seus olhos apresentavam esse estranho esmaecimento da pele sobre as pálpebras que frequentemente vem com a idade avançada, e a queda de sua pesada boca nos cantos dava-lhe uma expressão de obstinada resolução. Conversou com Montgomery num tom muito baixo para que eu não o ouvisse.

Dele meus olhos passaram para os seus três homens; e que estranha equipagem eles formavam. Vi somente seus rostos e, no entanto, havia algo em suas faces – não sabia o quê – que me proporcionou um estranho espasmo de nojo. Observei-os firmemente e a impressão não passou, embora eu não tivesse conseguido identificar o que a ocasionara. Pareciam-me então ser homens de pele escura, porém seus membros, incluindo-se os dedos das mãos e os pés, estavam estranhamente enfaixados com algo leve, sujo e branco: nunca dantes vira homens tão extensamente enfaixados; mulheres assim, apenas no Oriente. Vestiam turbantes também e, abaixo destes, perscrutavam-me seus rostos élficos – rostos com protuberantes mandíbulas e olhos reluzentes. Tinham cabelos lisos e pretos, quase como os de um cavalo, e pareciam superar em estatura qualquer raça de homens que eu tenha visto. O homem de cabelos brancos, que me parecia seguramente ter um metro e oitenta de altura, era uma cabeça mais baixo do que qualquer um dos três. Descobri mais tarde que nenhum deles era mais alto que eu, mas seus corpos eram anormalmente longos, e a parte de suas pernas que correspondia à coxa era curta e curiosamente torta. De qualquer maneira, formavam um bando espantosamente feio; por sobre suas cabeças, abaixo da vela anterior, espreitava a face negra do homem cujos olhos eram luminosos na escuridão. Enquanto eu os observava, seus olhos cruzaram com os meus; então, cada um sucessivamente desviou os olhos de meu olhar direto, passando a observar-me de maneira estranha e furtiva. Ocorreu-me que eu os estava aborrecendo, de modo que desviei minha atenção para a ilha, da qual nos aproximávamos.

Ela era baixa e recoberta de densa vegetação – sobretudo uma espécie de palmeira que era uma novidade para mim. De um determinado local, um fio estreito e branco de vapor subia obliquamente a uma elevadíssima altura, para, em seguida, espalhar-se como plumas ao vento. Estávamos agora na abrangência de uma larga baía, flanqueada, em cada ponta, por um baixo promontório. A praia era recoberta de areia cinzenta e subia acentuadamente até um cume de talvez dezenove ou vinte metros acima do nível do mar e irregularmente povoado de árvores e de vegetação rasteira. No meio do caminho havia um recinto[20] quadrado de pedra acinzentada que eu posteriormente descobriria ter sido feito em parte de coral e em parte de pedra-pomes. Dois telhados de palha emergiam parcialmente daquele recinto. Um homem nos aguardava na linha do mar. Enquanto ainda estávamos distantes, acreditei ter visto outras criaturas de aparência deveras grotesca correndo para o mato acima do declive, mas não vi nenhum sinal delas quando nos aproximamos. Aquele homem era de tamanho moderado, com uma escura face negroide. Possuía uma larga boca, quase desprovida de lábios, e, com seu rosto marcado projetado para a frente, ficou a nos observar. Estava vestido como Montgomery e seu companheiro de cabelos brancos, com casaco e calças de sarja azul. À medida que nos aproximamos, aquele indivíduo pôs-se a correr para lá e para cá sobre a praia, realizando os mais grotescos movimentos.

Ao comando de Montgomery, os quatro homens na lancha se ergueram num salto e, com gestos singularmente desgraciosos, desceram as velas. Montgomery governou nossa embarcação até uma pequena e estreita doca escavada na praia. Então, o homem na praia correu ao nosso encontro. Aquela doca, como a chamo, era, na verdade, apenas uma vala, longa o suficiente, naquela fase da maré, para acolher o barco. Ouvi as quilhas raspar a areia, mantive o bote afastado do leme do barco grande com meu balde e, depois de soltar a boça, aportei. Com os mais estabanados movimentos, os três homens encapotados se atiraram sobre a areia e imediatamente começaram a descarregar a embarcação com o auxílio do homem na praia. Fiquei especialmente espantado com os curiosos movimentos das pernas dos três enfaixados barqueiros – não rígidos, mas distorcidos de um modo estranho, quase como se as pernas estivessem encaixadas no lugar errado. Os cães ainda rosnavam e esticavam suas correntes na direção daqueles homens, enquanto o homem de cabelos brancos desembarcava com eles. Os três grandes sujeitos conversaram uns com os outros, em estranhos tons guturais, e o homem que nos aguardara na praia pôs-se a falar-lhes com excitação – uma língua estrangeira, ima-

20. Recinto: área circundada por muros que visam à defesa. (N. T.)

ginei – enquanto eles punham as mãos em alguns pacotes empilhados perto da popa. Eu ouvira semelhante voz anteriormente em algum lugar, mas não conseguia lembrar onde. O homem de cabelos brancos mantinha-se imóvel, segurando uma tumultuosa matilha de seis cães e berrando ordens em meio à balbúrdia deles. Tendo desembarcado o leme, Montgomery também desceu à terra e todos iniciaram o trabalho de descarregamento. Eu estava fraco demais em razão de meu longo jejum e do sol batendo em minha cabeça descoberta para oferecer qualquer assistência.

Então, o homem de cabelos brancos pareceu lembrar-se de minha presença e veio até mim.

– Sua aparência é a de quem não teve desjejum – disse. Seus pequenos olhos eram de um preto brilhante sob suas espessas sobrancelhas. – Devo desculpar-me por isso. O senhor agora é nosso hóspede, devemos proporcionar-lhe algum conforto... muito embora o senhor, como sabe, não tenha sido convidado – olhou para o meu rosto de modo penetrante. – Montgomery diz que o senhor é um homem instruído, senhor Prendick. Ele falou que o senhor tem algum conhecimento de ciência. Posso perguntar-lhe o que isso significa?

Disse-lhe que passara alguns anos no Royal College of Science[21] e fizera algumas pesquisas em biologia sob a orientação de Huxley.[22] Diante da resposta, ergueu levemente as sobrancelhas.

– Isso altera um pouco a situação, senhor Prendick – disse com um pouco mais de respeito em sua conduta. – Coincidentemente, somos biólogos aqui. Esta é uma estação biológica... de certa maneira – seus olhos se voltaram para os homens de branco que arrastavam ativamente o puma, sobre rodas, na direção do pátio murado. – Eu e Montgomery, pelo menos – acrescentou. – Não tenho como dizer quando o senhor poderá partir. Estamos fora de todas as rotas. Vemos um navio a cada doze meses ou algo parecido.

---

21. Instituição de ensino superior localizada em South Kensington, distrito da parte oeste de Londres. (N. T.)
22. Thomas Henry Huxley (1825-1895): biólogo inglês especializado em anatomia comparativa e adepto da teoria da evolução de Charles Darwin. Cabe aqui relembrar que H. G. Wells se formara em biologia no Royal College of Science (na época, Normal School of Science), onde fora aluno de Huxley. (N. T.)

Deixou-me abruptamente, subiu pela praia, passando pelo grupo, e adentrou, acredito, o recinto. Os dois outros homens estavam com Montgomery, erguendo uma pilha de pacotes menores num carrinho de rodas baixas. A lhama ainda estava na lancha com as arcas dos coelhos; os cães ainda estavam amarrados aos bancos. Completada a pilha, os três homens trouxeram o carrinho, sobre o qual começaram a empurrar a tonelada, ou quase, de pacotes atrás do puma. Então, Montgomery os deixou e, vindo novamente ao meu encontro, estendeu-me sua mão.

– Fico feliz – ele disse – pela minha parte. Aquele capitão era um tolo idiota. Ele teria deixado as coisas difíceis para o senhor.

– Foi o senhor – eu disse – que novamente me salvou.

– Isso depende. O senhor descobrirá que esta ilha é um lugar infernalmente esquisito, isso eu lhe prometo. Eu olharia bem por onde ando se fosse o senhor. Ele... – hesitou e pareceu mudar de ideia a respeito do que estava na ponta de sua língua. – Eu gostaria que o senhor me ajudasse com esses coelhos – disse.

Seu modo de agir com os coelhos era singular. Entrei na embarcação com ele e o ajudei a desembarcar uma das arcas sobre a praia. Assim que isso foi feito, ele abriu a porta da arca e, inclinando-a por uma extremidade, despejou seus conteúdos vivos no chão. Caíram uns sobre os outros, formando uma tumultuosa pilha. Ele bateu as mãos e imediatamente eles partiram pela praia, quinze ou vinte deles, se não me engano, com sua peculiar corrida saltitante.

– Cresçam e multipliquem-se, meus amigos – disse Montgomery. – Repovoem a ilha. Até o momento, tivemos certa carência de carne por estas bandas.

Enquanto os via desaparecer, o homem de cabelos brancos voltou com um frasco de conhaque e alguns biscoitos.

– Algo para passar o tempo, Prendick – ele disse num tom mais familiar do que antes.

Não fiz cerimônia e ataquei imediatamente os biscoitos, enquanto o homem de cabelos brancos ajudava Montgomery a libertar mais uma vintena de coelhos. Três grandes arcas, porém, seguiram até a casa com o puma. Não toquei no conhaque, pois desde que nasci sou um abstêmio.

Capítulo VII – "A porta trancada"

O leitor talvez compreenda que, inicialmente, tudo à minha volta era muito estranho e minha situação era o resultado de aventuras tão inesperadas que eu não tinha discernimento da relativa estranheza de uma coisa ou outra. Segui a lhama pela praia e fui detido por Montgomery, que me pediu para não adentrar o recinto de pedra. Percebi então que o puma em sua gaiola e a pilha de pacotes haviam sido deixados do lado de fora da entrada daquele quadrilátero.

Virei-me e vi que a escuna havia sido descarregada e estava agora sendo encalhada na areia; o homem de cabelos brancos caminhava em nossa direção. Dirigiu-se a Montgomery.

– E agora vem o problema desse hóspede inesperado. O que devemos fazer com ele?

– Ele possui algum conhecimento científico – disse Montgomery.

– Mal posso esperar para voltar ao trabalho… com esse novo material – disse o homem de cabelos brancos, acenando com a cabeça para o recinto. Seus olhos brilharam com maior intensidade.

– Posso imaginar que sim – disse Montgomery em tom nada menos do que cordial.

– Não o podemos mandar para lá e tampouco temos tempo para construir-lhe uma nova choupana; e certamente ainda não podemos dar-lhe nossa confiança.

– Estou em suas mãos – eu disse. Não tinha ideia do que ele queria dizer com "para lá".

– Tenho pensado a mesma coisa – respondeu Montgomery. – Há o meu quarto, com a porta exterior…

– É isso – disse prontamente o homem mais velho, olhando para Montgomery; nós três rumamos para o recinto. – Sinto fazer todo esse mistério, senhor Prendick, mas o senhor deve se lembrar de que não foi convidado. Nosso pequeno estabelecimento aqui contém um segredo ou dois; é, na verdade, uma espécie de quarto do Barba Azul.[23] Nada, porém, que seja demasiado atroz para um homem são; mas, por enquanto, como não o conhecemos…

23. O Barba Azul é o personagem do famoso conto *La Barbe-Bleue* de Charles Perrault. Na história, um aristocrata, o Barba Azul, rico e fisicamente repulsivo, desposa a filha caçula de

– Decididamente – eu disse –, eu teria de ser um tolo para ofender-me com tais precauções.

Ele torceu sua pesada boca num frágil sorriso – era uma dessas pessoas saturninas que sorriem com os cantos da boca para baixo – e inclinou sua cabeça em reconhecimento por minha complacência. Passamos pela entrada principal do recinto; era um pesado portão de madeira, emoldurado em ferro e trancado, com o carregamento da lancha empilhado do lado de fora; no canto, deparamos com uma porta que eu não havia notado anteriormente. O homem de cabelos brancos tirou um jogo de chaves do bolso de seu engordurado casaco azul, abriu a porta e entrou. Suas chaves e o elaborado sistema de trancamento do lugar, mesmo encontrando-se este sob sua vigilância, pareceram-me peculiares. Eu o segui e encontrei-me num pequeno apartamento simples, porém não desconfortavelmente mobiliado, e dotado de uma porta interna, a qual estava levemente entreaberta, dando para um pátio pavimentado. Montgomery imediatamente fechou a porta interna. Uma rede estava esticada no canto mais escuro do quarto e uma pequena janela sem vidros, protegida por uma barra de ferro, oferecia uma vista para o mar.

O homem de cabelos brancos disse que aquele seria o meu apartamento; e a porta interna, que, "para evitar acidentes", ele disse, seria trancada do outro lado, seria o limite interno que eu não deveria ultrapassar. Chamou minha atenção para a conveniente espreguiçadeira diante da janela e para uma fileira de velhos livros, entre os quais eu descobriria uma maioria de trabalhos de cirurgia e edições dos clássicos latinos e gregos (línguas que não consigo ler com facilidade) numa prateleira perto da rede. Ele deixou o quarto pela porta externa, como que para evitar abrir novamente a interna.

– Habitualmente, fazemos nossas refeições aqui – disse Montgomery, que, nesse momento, como se estivesse em dúvida, seguiu seu companheiro. – Moreau! – ouvi-o gritar, e, naquele instante, acredito não ter dado atenção ao fato. Depois, enquanto manuseava os livros na estante, aquele nome voltou à minha mente.

---

um de seus vizinhos. Ele a proíbe de entrar num pequeno quarto, o qual guarda um terrível e mórbido segredo. (N. T.)

Onde eu ouvira o nome Moreau anteriormente? Sentei-me diante da janela, peguei os biscoitos que ainda restavam e os comi com excelente apetite. Moreau!

Pela janela, vi um daqueles indescritíveis homens de branco carregando um caixote pela praia. Encontrava-se agora dissimulado pela moldura da janela. Ouvi então uma chave sendo inserida e girada na fechadura atrás de mim. Após alguns instantes, ouvi, através da porta trancada, o ruído dos cães, que agora haviam sido trazidos da praia. Não estavam latindo, mas farejando e rosnando de maneira curiosa. Eu podia ouvir o rápido tamborilar de seus pés e a voz de Montgomery acalmando-os.

Muito me impressionava o elaborado sigilo daqueles dois homens em relação ao conteúdo do lugar e, por algum tempo, aquilo, assim como a indescritível familiaridade do nome Moreau, tomou conta de minha mente. Mas tão estranha é a memória humana que eu não podia então me lembrar com que aquele nome bem conhecido se relacionava precisamente. A partir daí, meus pensamentos se voltaram para a indefinível estranheza do homem deformado na praia. Eu jamais vira semelhante modo de andar e movimentos tão estranhos quanto os que fez ao puxar a caixa. Lembrei-me de que nenhum daqueles homens falara comigo, embora eu tivesse surpreendido a maioria deles observando-me num momento ou outro de maneira peculiarmente furtiva, muito diferente do olhar franco do típico selvagem rústico. Com efeito, todos eles pareciam notavelmente taciturnos e, quando falavam, dotados de vozes muito incomuns. O que havia de errado com eles? Lembrei-me então dos olhos do desajeitado criado de Montgomery.

No momento preciso em que eu pensava nele, ele entrou. Estava agora vestido de branco e carregava uma pequena bandeja com um pouco de café e legumes cozidos. Eu mal pude impedir-me de recuar tremulamente ao vê-lo entrar, curvar-se amigavelmente e deixar a bandeja na minha frente, sobre a mesa. Então, a estupefação me paralisou. Sob suas viscosas mechas pretas, vi sua orelha; ela saltou subitamente na direção de meu rosto. O homem tinha orelhas pontudas, cobertas por uma fina pelugem marrom!

– Seu café da manhã, senhor – ele disse.

Olhei para o seu rosto sem tentar responder-lhe. Virou-se e dirigiu-se para a porta, observando-me estranhamente por sobre o ombro. Segui-o com meus olhos e, enquanto o fazia, por algum estranho truque mental inconsciente, surgiu em minha mente a frase "Os ardores de Moreau" – ou algo parecido. "... de Moreau." Ah! Aquilo fez com que minha mente retrocedesse dez anos. "Os horrores de Moreau!" A frase vagueou livremente pela minha cabeça por um momento, e então a vi em caracteres vermelhos num pequeno panfleto de cor amarelada, cuja leitura fazia alguém estremecer e arrepiar-se. Lembrei-me então distintamente de tudo. O panfleto, havia tanto tempo esquecido, voltou à minha memória com assustadora vivacidade. Eu era apenas um rapaz naquela época, ao passo que Moreau devia, suponho, ter uns cinquenta anos – um proeminente e magistral fisiologista, famoso nos círculos científicos por sua extraordinária imaginação e sua brutal franqueza nas discussões.

Seria aquele o mesmo Moreau? Ele publicara alguns fatos muito surpreendentes relacionados à transfusão de sangue e, além disso, era conhecido pelo valioso trabalho que fazia com verrugas mórbidas. Então, repentinamente, sua carreira chegara ao fim. Teve de deixar a Inglaterra. Um jornalista teve acesso a seu laboratório, na condição de assistente, com a intenção deliberada de fazer denúncias sensacionalistas; e, com a ajuda de um chocante acidente (se é que foi acidente), seu hediondo panfleto alcançou grande notoriedade. No dia de sua publicação, um miserável cão, esfolado ou mutilado, escapou da casa de Moreau. Isso ocorreu na época de escassez de notícias, e um renomado editor, primo do assistente de laboratório temporário, apelou à consciência da nação. Não era a primeira vez que tal consciência se voltava contra os métodos de pesquisa. O doutor foi simplesmente expulso do país. Talvez o tivesse merecido, mas ainda acho que o morno apoio de seus colegas pesquisadores e sua deserção pelo grande corpo de cientistas foi algo vergonhoso. Não obstante, alguns de seus experimentos, segundo o relato do jornalista, eram deliberadamente cruéis. Talvez tivesse conseguido alcançar a paz social abandonando suas investigações, mas aparentemente preferiu essas últimas, assim como a maioria dos homens que já caíram sob o dominador feitiço da pesquisa. Não era casado e não tinha, com efeito, nada além de seu próprio interesse para considerar.

Eu estava convencido de que aquele devia ser o mesmo homem. Tudo apontava para isso. Ficou claro para mim a que finalidade o puma e os demais animais – que agora haviam sido trazidos com o resto da bagagem para o recinto, atrás da casa – estavam destinados, e um curioso e tênue odor, o hálito de algo familiar, o odor que até então permanecera no fundo de minha consciência, veio para a linha de frente de meus pensamentos. Era o antisséptico odor do quarto de dissecção. Ouvi o puma grunhindo através da parede e um dos cães uivou como se tivesse sido golpeado.

Seguramente, porém, sobretudo para outro homem de ciência, não havia nada tão horrível na vivissecção que justificasse tamanho sigilo; e, por algum estranho salto em meus pensamentos, as orelhas pontudas e os olhos luminosos do criado de Montgomery novamente surgiram diante de mim com a mais nítida definição. Olhei à minha frente para o mar verdejante, espumejando sob uma brisa refrescante, e deixei essas e outras estranhas memórias dos últimos dias perseguirem-se umas às outras através da minha mente.

O que tudo aquilo podia significar? Uma área cercada numa ilha deserta, um famoso vivissector e aqueles homens aleijados e deformados?

Capítulo VIII – O choro do puma

Montgomery interrompeu meu emaranhado de perplexidade e desconfiança por volta de uma hora, e seu grotesco criado o seguiu com uma bandeja com pão, algumas ervas e outros alimentos, um frasco de uísque, uma jarra de água e três copos e facas. Olhei de soslaio para aquela estranha criatura e vi que me observava com seus estranhos e inquietos olhos. Montgomery disse que almoçaria comigo, mas que Moreau estava preocupado demais com o trabalho para juntar-se a nós.

– Moreau! – exclamei. – Conheço esse nome.

– Tinha de conhecer! – exclamou. – Que tolo fui em mencioná-lo a você! Eu devia ter imaginado. De qualquer forma, isso deve dar-lhe um indício de nossos... mistérios. Uísque?

– Não, obrigado; sou um abstêmio.

– Eu gostaria de ter sido, mas de nada serve trancar a porta depois que o corcel foi roubado. Foi essa coisa infernal que me trouxe até aqui... isso e uma noite nebulosa. Eu acreditava estar com sorte naquela época quando Moreau ofereceu levar-me consigo. É estranho...

– Montgomery – eu disse repentinamente logo depois de se fechar a porta externa –, por que seu homem tem orelhas pontudas?

– Maldição! – ele disse após sua primeira abocanhada de comida. Encarou-me por um momento e então repetiu: – Orelhas pontudas?

– Há pequenas pontas nelas – eu disse com a maior calma possível, com uma pausa para recuperar o fôlego – e uma fina penugem preta nas bordas.

Serviu-se de uísque e água enquanto ponderava:

– Eu tinha a impressão de que... seu cabelo cobria as orelhas.

– Eu as vi quando ele se aproximou de mim para deixar sobre a mesa o café que o senhor me enviara. E seus olhos brilham no escuro.

Àquela altura, Montgomery se recuperara da surpresa causada por minha pergunta.

– Eu sempre pensei – ele disse ponderadamente com certa acentuação de seu ceceio característico – que havia algo de errado com suas orelhas, pela forma como ele as cobria. Que aparência tinham?

Eu estava persuadido, por sua maneira de falar, de que aquela ignorância era simulada. Ainda assim, eu não podia dizer ao homem que eu acreditava tratar-se de um mentiroso.

– Pontudas – respondi –, bastante pequenas e peludas... distintamente peludas. Mas o homem como um todo é um dos mais estranhos seres que meus olhos já viram.

O agudo e rouco grito de dor de um animal veio do recinto atrás de nós. Sua profundidade e seu volume apontavam para o puma. Vi Montgomery franzir o cenho.

– Sim? – ele disse.

– Onde o senhor encontrou tal criatura?

– San Francisco. É um bruto feioso, admito. Meio imbecil, entende? Não me lembro de onde veio. Mas estou acostumado com ele, sabe? Ambos estamos. Que impressão ele dá ao senhor?

– Ele não é natural – respondi. – Há algo nele... não pense que sou fantasista, mas sinto uma desagradável pequena sensação, um retesamento de meus músculos, quando ele se aproxima de mim. É algo... diabólico, na verdade.

Enquanto eu lhe dizia isso, Montgomery parou de comer.

– Estranho... – ele disse. – Não consigo ver nada disso – retomou sua refeição. – Eu não tinha nem ideia disso – disse enquanto mastigava. – A tripulação da escuna deve ter sentido a mesma coisa. Caíram em cima do pobre-diabo. O senhor viu o capitão?

De repente o puma uivou novamente, desta vez de modo ainda mais doloroso. Montgomery praguejou em voz baixa. Eu hesitava um pouco em questioná-lo a respeito dos homens na praia. Então, a pobre besta emitiu uma série de gritos curtos e agudos.

– Seus homens na praia – eu disse –, a que raça pertencem?

– Ótimos rapazes, não? – respondeu, distraidamente, franzindo as sobrancelhas enquanto o animal urrava intensamente.

Eu não disse mais nada. Houve outro grito ainda pior que o anterior. Ele me olhou com seus olhos cinzentos e insípidos e então tornou a servir-se de uísque. Tentou arrastar-me para uma discussão sobre álcool, alegando ter salvado minha vida com isso. Pareceu ansioso em enfatizar o fato de que eu lhe devia minha vida. Respondi-lhe distraidamente.

Nossa refeição chegou então ao final; o monstro disforme de orelhas pontudas retirou os restos e Montgomery deixou-me novamente sozinho no quarto. Durante todo aquele tempo, ele estivera num estado de mal dissimulada irritação com o ruído do puma vivisseccionado. Falara-me de sua estranha falta de paciência, deixando-me verificar na prática quanto isso era óbvio.

Eu mesmo constatei que os gritos eram singularmente irritantes, e eles cresciam em profundidade e intensidade à medida que a tarde transcorria. Inicialmente, eram dolorosos, mas, no fim, sua constante ressurgência perturbou meu equilíbrio. Atirei para o lado uma tradução de Horácio que eu estava lendo e comecei a cerrar os punhos, a morder os lábios e a vagar pelo quarto. Em seguida, tapei os ouvidos com os dedos.

O apelo emocional daqueles berros crescia continuamente em mim, alcançando, no fim, tamanha expressão de sofrimento que eu não podia mais suportá-los confinado naquele quarto. Atravessei a porta, no acabrunhante calor do final da tarde, passei pela entrada principal – novamente trancada, observei – e virei a esquina do muro.

O choro era ainda mais barulhento do lado de fora. Era como se toda a dor no mundo tivesse encontrado uma voz. Porém, se eu soubesse que aquela dor vinha do quarto ao lado e ela tivesse sido muda, acredito – é o que tenho pensado desde então – que eu a teria suportado bastante bem. É quando o sofrimento encontra uma voz e faz nossos nervos estremecerem que a piedade vem nos perturbar. Mas, a despeito da resplandecente luz do sol e das folhagens verdes das árvores balançando sob a repousante brisa do mar, o mundo era apenas confusão, obscurecido por errantes fantasmas negros e vermelhos, até que me encontrei fora do alcance dos ruídos vindos da casa no muro axadrezado.

Capítulo IX – A Coisa na floresta

Caminhei em meio à vegetação rasa que revestia o cume atrás da casa, pouco atento ao caminho que eu tomava; mais longe, passei pela sombra de um conjunto cerrado de árvores de troncos retos e encontrei-me, de alguma forma, no outro lado do cume, descendo na direção de um riachinho que corria por um estreito vale. Detive-me e escutei. A distância que eu percorrera ou as massas intermediárias de mato sufocaram qualquer som que pudesse vir do recinto. O ar estava inerte. De repente, surgiu um coelho emitindo um som como um murmúrio, e então escapou pela ladeira à minha frente. Hesitei e sentei-me na extremidade da sombra.

O lugar era agradável. O riacho se dissimulava atrás da luxuriante vegetação das margens, exceto num ponto, onde percebi um pedaço triangular de água cintilante. No lado mais distante, vi, através de um azulado nevoeiro, um emaranhado de árvores e trepadeiras e, acima dele, mais uma vez o luminoso azul do céu. Aqui e ali, um respingo branco ou escarlate assinalava o florescimento de algumas epífitas rastejantes. Deixei meus olhos vaguear por esse cenário durante algum tempo e então comecei a remexer em minha mente as estranhas peculiaridades do homem de Montgomery. Fazia, porém, calor demais para que eu pudesse pensar de maneira elaborada, então caí num estado tranquilo, meio adormecido e meio acordado.

Fui então despertado, após não sei quanto tempo, por um murmúrio vindo da vegetação, do outro lado do riacho. Por um instante, não pude ver nada além dos cumes ondulantes das samambaias e dos juncos. De repente, sobre a margem do riacho, apareceu algo – inicialmente, não pude distinguir o que era. A Coisa inclinou sua arredondada cabeça até a água e começou a beber. Vi então que se tratava de um homem a quatro patas, tal qual um animal. Vestia um traje de pano azulado, sua tez era cor de cobre, e tinha cabelos pretos. Parecia que aquela feiura grotesca era um traço invariável dos ilhéus. Eu podia ouvir a sucção da água em seus lábios enquanto ele bebia.

Inclinei-me para a frente a fim de vê-lo melhor, e um pedaço de lava, solto por minha mão, rolou pelo declive. Ele me olhou com ares de culpa e seus olhos encontraram os meus. Sem demora, pôs-se em pé e, enquanto me observava, ficou esfregando a boca com sua desajeitada mão. Suas pernas tinham, quando muito, a metade do comprimento de seu corpo. Assim, ficamos a nos encarar um ao outro desconcertados, talvez durante um minuto. Então, parando para olhar para trás por uma ou duas vezes, ele se esgueirou pelas moitas à minha direita e ouvi o cicio das folhas diminuir até desvanecer. Por muito tempo após seu desaparecimento permaneci sentado, olhando fixamente na direção de seu recuo. Minha sonolenta tranquilidade se dissipara.

Assustei-me com um ruído atrás de mim e, virando-me repentinamente, vi o agitado rabo branco de um coelho desaparecendo acima da ladeira. Levantei-me num único impulso. Para mim, a aparição daquela criatura grotesca e meio bestial havia perturbado a calmaria da tarde. Olhei assustado ao meu redor e lamentei não estar armado. Pensei então que o homem que eu acabara de ver vestia um traje azulado, não estando, portanto, nu, como teria estado um selvagem; e tentei me convencer, a partir desse fato, de que ele provavelmente era, afinal, um tipo pacífico, e que a insípida ferocidade de seu semblante era enganosa.

Ainda assim, eu estava muito perturbado com a aparição. Avancei pela esquerda ao longo do declive, girando a cabeça à minha volta, espreitando em todas as direções, por entre os troncos retos das árvores. Por que um homem se posicionaria de quatro e beberia com seus lábios? Ouvi então um animal gemendo novamente e, imaginando tratar-se do puma, virei-me e andei na direção diametralmente oposta à do som. Isso levou-me de volta ao riacho, o qual atravessei, avançando em seguida através da vegetação rasa que se encontrava mais adiante.

Assustei-me com uma grande mancha de um escarlate vívido no chão e, aproximando-me dela, constatei tratar-se de um fungo peculiar, ramificado e enrugado como líquen foliáceo, mas deliquescendo numa espécie de limo ao ser tocado; em seguida, à sombra de algumas luxuriantes samambaias, deparei com algo desagradável – o corpo morto de um coelho coberto de reluzentes moscas, mas ainda quente e com a cabeça arrancada. Detive-me estupefato diante da visão do sangue espalhado. Ali, pelo menos, estava um visitante da ilha que fora descartado! Não havia outros indícios de violência ao redor. Era como se ele tivesse sido agarrado e morto de repente e, enquanto eu observava seu pequeno corpo peludo, pensei em como a coisa havia sido feita. O temor vago que estava em minha mente desde que eu vira o inumano rosto do homem no riacho tornou-se mais distinto enquanto eu permanecia ali. Comecei a perceber a temeridade de minha expedição entre aquelas pessoas desconhecidas. Minha imaginação transformava a mata ao meu redor. Cada sombra se tornava algo mais do que uma sombra – tornava-se uma emboscada; cada ruído se tornava uma ameaça. Coisas invisíveis pareciam estar me observando. Resolvi retornar ao recinto na praia. De repente, virei-me e precipitei-me violentamente, ou até mesmo freneticamente, através das moitas, ansioso para reencontrar algum espaço vazio ao meu redor.

Detive-me a tempo de evitar emergir num espaço aberto. Era uma espécie de clareira na floresta, criada pela queda de uma árvore; mudas já começavam a lutar pelo espaço vacante; e, mais adiante, a densa população de troncos, trepadeiras entrelaçadas e respingos de fungos e flores voltava a me cercar. Diante de mim, acocoradas juntas sob as ruínas fungosas de uma enorme árvore caída, e ainda inconscientes de minha presença, havia três grotescas figuras humanas. Uma delas era claramente uma fêmea; as demais eram homens. Estavam nuas, com a exceção de faixas de pano escarlate na parte intermediária do corpo; e suas peles, de um rosa pálido e apagado, não se pareciam com nada que eu tivesse visto antes em selvagens. Possuíam rostos largos, marcados e desprovidos de queixos, testas recuadas e, sobre suas cabeças, uma cabeleira escassa e hirsuta. Eu jamais vira criaturas de aparência tão bestial.

Conversavam entre si ou, pelo menos, um dos homens falava com os demais, e os três estavam interessados demais naquilo para prestar atenção ao ruído de minha aproximação. Balançavam suas cabeças e ombros de um lado para o outro. As palavras daquele que falava saíam embaraçadas e desleixadas. Embora eu as pudesse ouvir distintamente, não podia discernir o que ele dizia. Parecia-me recitar alguma complicada algaravia. Então, sua articulação ficou mais estridente e, estendendo as mãos, ele pôs-se em pé. Com isso, os demais passaram a falar de modo confuso ao mesmo tempo, levantando-se também, estendendo as mãos e balançando seus corpos no ritmo de sua cantoria. Percebi então a anormal pequenez de suas pernas e seus pés encolhidos e desajeitados. Os três começaram a lentamente movimentar-se em círculos, erguendo e batendo os pés e estendendo os braços; em sua recitação rítmica, fluía uma espécie de melodia, assim como um refrão – o qual soava como "Alula" ou "Balula". Seus olhos começaram a brilhar e seus desgraciosos rostos a iluminar-se, com uma expressão de estranho prazer. Pingava saliva de suas bocas carentes de lábios.

Subitamente, enquanto assistia aos seus grotescos e indescritíveis gestos, percebi claramente, pela primeira vez, o que é que me incomodava, o que é que me dera as duas inconsistentes e conflituosas impressões de extrema estranheza e, ao mesmo tempo, de estranha familiaridade. As três criaturas envolvidas naquele misterioso rito eram humanas quanto à forma e, no entanto, seres humanos com a estranhíssima semelhança com algum animal conhecido. Cada uma daquelas criaturas, a despeito de sua forma humana, dos farrapos que vestiam e da rude humanidade de sua composição corporal, tinha, tecido em seus movimentos, na expressão de seu semblante, em toda a sua atitude, algo que remetia irresistivelmente a um porco, uma qualidade suína, a marca inconfundível do animal.

Fiquei desconcertado com aquela incrível constatação e imediatamente os mais horríveis questionamentos invadiram minha mente. Os três começaram a saltar no ar, um após o outro, bradando e grunhindo. Então, um deles escorregou e, por um momento, permaneceu de quatro – para, na verdade, recompor-se imediatamente. Mas o vislumbre transitório do verdadeiro animalismo daqueles monstros foi suficiente.

Virei-me o mais silenciosamente possível e, enrijecendo-me constantemente com o medo de ser descoberto sempre que um galho se partia ou uma folha ciciava, tornei a enfiar-me no mato. Levei muito tempo para criar coragem e ousar movimentar-me livremente. Minha única ideia naquele instante era afastar-me daqueles imundos seres, e mal notei que eu emergira numa pequena trilha entre as árvores. Então, subitamente, atravessando uma pequena clareira, vi, com desagradável espanto, duas desajeitadas pernas entre as árvores, avançando, com silenciosos passos, paralelamente à minha trajetória, e a talvez trinta jardas de distância.

A parte superior do corpo e a cabeça encontravam-se ocultas por um emaranhado de trepadeiras. Detive-me abruptamente, na esperança de que a criatura não me tivesse visto. Assim como eu, os passos pararam. Tamanho era o meu nervosismo que com a maior dificuldade controlei o impulso de uma fuga precipitada. Então, olhando com cuidado, distingui, através da trama entrelaçada, a cabeça e o corpo do bruto que eu vira tomando água. Ele moveu sua cabeça. Enquanto me observava desde a sombra das árvores, havia um brilho de esmeralda em seus olhos, uma cor parcialmente luminosa que desapareceu logo que tornou a movê-la. Ele permaneceu inerte por um momento e, então, com silenciosas passadas, pôs-se a correr através do emaranhado verde. No instante seguinte, ele desapareceu atrás de algumas moitas. Eu não podia vê-lo, mas sentia que havia parado e que continuava a me observar.

O que diabos era ele – homem ou besta? O que queria comigo? Eu não tinha nenhuma arma, nem mesmo uma vareta. Fugir seria loucura. De qualquer modo, a Coisa, fosse ela o que fosse, carecia de coragem para atacar-me. Cerrando fortemente os dentes, andei diretamente em sua direção. Eu estava ansioso para não mostrar o medo que parecia gelar minha espinha. Avancei por entre um emaranhado de arbustos altos e permeados de flores brancas e o vi a trinta passos de distância, olhando-me por sobre o ombro e hesitando. Dei um passo ou dois, olhando firmemente em seus olhos.

– Quem é você? – perguntei.

Ele tentou encontrar meu olhar.

– Não – ele disse inesperadamente antes de virar-se e precipitar-se para longe de mim por entre os arbustos. Então, tornou a encarar-me. Seus olhos brilharam no crepúsculo sob as árvores.

Meu coração estava na boca, mas senti que minha única chance era blefar, então andei firmemente em sua direção. Ele se virou novamente e desapareceu no crepúsculo. Pensei ter visto mais uma vez a cintilação de seus olhos, e isso foi tudo.

Pela primeira vez, dei-me conta de que a hora avançada podia afetar-me. O sol se pusera havia alguns minutos; o rápido crepúsculo dos trópicos já se dissipava no céu oriental, e uma mariposa pioneira voou silenciosamente em volta de minha cabeça. A menos que eu quisesse passar a noite com os perigos desconhecidos da floresta misteriosa, eu tinha de voltar rapidamente ao recinto. A ideia de um retorno àquele antro de dor era extremamente desagradável, mas o era ainda mais a ideia de ser surpreendido a céu aberto pela escuridão e tudo o que ela podia dissimular. Espiei mais uma vez as sombras azuladas que haviam engolido aquela estranha criatura e então refiz meu caminho descendo o declive até o riacho, avançando, como acreditava, na direção da qual eu inicialmente viera.

Caminhei ansioso, com a mente confusa com várias coisas, até encontrar-me num lugar plano em meio a árvores dispersas. A invisível claridade que ocorre ao rubor do pôr do sol se dissipava lentamente; o azul do céu ficou momentaneamente mais escuro e, uma após a outra, as pequenas estrelas trespassaram a atenuada luminosidade; os espaços entre as árvores e as lacunas na vegetação mais distante, que haviam sido de um azul turvo durante o dia, tornavam-se negros e misteriosos. Continuei a avançar. A cor desaparecia do mundo. Os topos das árvores emergiam contra o céu azul luminoso como uma silhueta preta, e tudo abaixo daquele contorno se fundia numa disforme escuridão. Agora, as árvores se tornavam mais estreitas, e a vegetação arbustiva, mais abundante. Em seguida, havia um espaço desolado coberto de areia branca, e então outra extensão de moitas entrelaçadas. Não me lembrava de ter cruzado a brecha de areia anteriormente. Comecei a sentir-me atormentado por um frágil murmurinho à minha direita. A princípio, pensei estar fantasiando, pois, sempre que me detinha, havia silêncio, com a exceção do sopro da brisa vespertina no topo das árvores. Então, quando voltei a apressar-me, houve um eco dos meus passos.

Afastei-me da mata, mantendo-me em terreno mais aberto, esforçando-me em surpreender, por meio de giros súbitos e intermitentes, algo que se preparasse para me atacar. Não vi nada e, no entanto, minha sensação de outra presença aumentava continuamente. Acelerei o passo. Após algum tempo, cheguei a um leve cume, atravessei-o e virei-me de súbito, observando-o com atenção do lado mais distante. Ele emergia preto e nítido contra um céu escurecido; então, uma protuberância disforme se ergueu momentaneamente contra a linha do horizonte e tornou a desaparecer. Eu tinha certeza agora de que meu antagonista de face morena estava mais uma vez me perseguindo; além disso, houve outra desagradável constatação: a de que eu estava perdido.

Por um tempo, avancei profundamente perplexo, perseguido por aquela sorrateira presença. Fosse o que fosse, a Coisa carecia de coragem para atacar-me, ou então aguardava que eu estivesse em alguma desvantagem. Mantive-me cautelosamente em terreno aberto. De quando em quando, virava-me e escutava; enfim, persuadi-me parcialmente de que meu perseguidor abandonara a caçada, ou de que ele era uma mera criação de minha desordenada imaginação. Ouvi então o som do mar. Apertei o passo quase a ponto de começar a correr e imediatamente houve um tropeço em minha retaguarda.

Virei-me repentinamente e fixei o olhar nas árvores incertas atrás de mim. Sombras negras pareciam saltar umas nas outras. Escutei, estático, e não ouvi nada além do fluxo de sangue em meus ouvidos. Pensei que meus nervos estavam descontrolados e que minha imaginação me pregava peças. Decididamente me voltei mais uma vez para o som do mar.

Em cerca de um minuto, as árvores se tornaram mais finas e me encontrei sobre um promontório calvo e baixo que se estendia até a água turva. A noite estava calma e clara, e o reflexo da crescente multidão de estrelas estremecia no tranquilo movimento do mar. Um pouco mais longe, a quebra das ondas sobre uma faixa irregular de recife brilhou com uma peculiar e pálida luz. A oeste, vi a luz zodiacal misturar-se ao brilho amarelado da estrela da tarde. A costa se afastava a leste e, a oeste, era dissimulada pela curva do cabo. Lembrei-me então do fato de que a praia de Moreau situava-se a oeste.

Um galho quebrou-se atrás de mim e ouviu-se um cicio. Virei-me e fiquei a observar as árvores sombrias. Não podia ver nada – ou então via coisas demais. Cada forma na escuridão tinha sua própria qualidade ameaçadora, sua peculiar sugestão de máxima vigilância. Assim permaneci por, talvez, um minuto e, então, com um dos olhos ainda direcionado para as árvores, virei para oeste de modo a cruzar o promontório; enquanto me movia, uma das vigilantes sombras também se movia para seguir-me.

Meu coração batia rapidamente. Então, a larga extensão de uma baía tornou-se visível e novamente me detive. A silenciosa sombra também se deteve, a uma dúzia de metros de distância. Um pequeno ponto de luz brilhou no trecho mais distante da curva, e a extensão cinzenta de praia arenosa jazia apagada sob a luz das estrelas. Aquele pequeno ponto de luz talvez estivesse a três quilômetros de distância. Para chegar à praia, eu tinha de passar pelas árvores de onde espreitavam as sombras e descer por um cerrado declive.

Eu podia ver a Coisa muito mais distintamente agora. Não era nenhum animal, pois ela mantinha-se ereta. Quando abri minha boca para falar, uma fleuma espessa sufocou minha voz. Tentei novamente e gritei:

– Quem está aí?

Não houve resposta. Dei um passo à frente. A Coisa não se moveu, apenas ficou encolhida em si mesma. Meu pé chocou-se com uma pedra. Isso me deu uma ideia. Sem tirar os olhos da forma negra diante de mim, agachei-me e recolhi aquele pedaço de rocha; mas, com meu movimento, a Coisa virou-se abruptamente, como teria feito um cão, e lançou-se obliquamente na escuridão mais profunda. Lembrei-me de um recurso de um colega da escola usado contra cachorros grandes e envolvi a pedra em meu lenço; amarrei esse último em volta de meu punho. Ouvi algo mover-se mais longe entre as sombras, como se a Coisa estivesse recuando. Então, subitamente, minha tensa excitação se dissipou; fui tomado por uma intensa transpiração e caí trêmulo, com aquela arma em minha mão, enquanto meu adversário fugia.

Levei algum tempo antes de conseguir criar coragem para caminhar em meio às árvores e aos arbustos do flanco do promontório até a praia. No fim, fi-lo correndo e, assim que da mata emergi sobre a areia, ouvi outro corpo vir aceleradamente no meu encalço. Com isso, o medo me fez perder completamente a cabeça e comecei a correr pela areia. Imediatamente, veio o ligeiro tamborilar de pés leves perseguindo-me. Proferi um grito selvagem e redobrei meus passos. Enquanto eu corria, coisas sombrias, negras, com três ou quatro vezes o tamanho de coelhos, passaram a correr e saltar na direção das moitas.

Enquanto eu viver, jamais me esquecerei do terror daquela perseguição. Eu corria rente ao mar e ouvia continuamente o estalo na água dos pés que se aproximavam de mim. Muito distante, desesperadamente distante, brilhava a luz amarelada. A noite que nos cercava era escura e inerte. Com sucessivos estalos, vinham os pés no meu encalço, cada vez mais próximos. Senti meu fôlego esvair-se, pois eu estava muito mal treinado; esgotou-se quando tentei puxá-lo, o que doeu tal qual uma faca em meu flanco. Percebi que a Coisa me alcançaria muito antes que eu chegasse ao recinto e, desesperado e ofegante, girei em sua direção e a atingi quando me alcançou – golpeei-a com toda a minha força. Logo que o fiz, a pedra projetou-se para fora do lenço. Assim que me virei, a Coisa, que vinha correndo a quatro patas, pôs-se em pé, e o projétil alcançou em cheio a sua têmpora esquerda. O crânio ressoou fortemente, e o animal-homem vacilou na minha direção, empurrou-me com suas mãos e cambaleou até cair de frente na areia com seu rosto na água. Ali, permaneceu inerte.

Eu não ousava aproximar-me daquele amontoado sombrio. Deixei-o lá, com a água ondulando à sua volta, sob as impávidas estrelas e, proporcionando-lhe um amplo leito, continuei meu caminho rumo ao brilho amarelado da casa; então, com o efeito positivo do alívio, veio o deplorável gemido do puma, o som que me incitara inicialmente a explorar aquela misteriosa ilha. Assim, embora eu estivesse fraco e terrivelmente cansado, reuni todas as minhas forças e comecei a correr em direção à luz. Pensei ouvir uma voz me chamando.

Capítulo X – O choro do homem

À medida que eu me aproximava da casa, vi que a luz vinha da porta aberta de meu quarto e, então, ouvi, vindo da escuridão ao lado daquele retângulo laranja de luz, a voz de Montgomery gritando:

– Prendick!

Continuei a correr. Em seguida, ouvi-o novamente. Respondi com um simples "Ei!" e, no instante seguinte, cambaleei ao seu encontro.

– Por onde andou? – perguntou, mantendo-me a alguma distância, de modo que a luz proveniente da porta iluminasse meu rosto. – Estivemos ambos tão ocupados que nos esquecemos do senhor até cerca de meia hora atrás. – Conduziu-me para dentro do quarto e instalou-me na espreguiçadeira. Por um momento, fui cegado pela luz. – Não pensávamos que o senhor começaria a explorar nossa ilha sem nos avisar – ele disse; e então completou: – Eu tinha medo... mas... O quê? Ei!

Minhas últimas forças me abandonaram e minha cabeça caiu sobre meu peito. Acredito que ele encontrou certa satisfação em dar-me conhaque.

– Pelo amor de Deus – eu disse – feche essa porta.

– O senhor andou encontrando algumas de nossas curiosidades, não? – deduziu.

Trancou a porta e virou-se novamente para mim. Não fez perguntas, mas deu-me mais conhaque e água e instou-me a comer. Eu estava em estado de colapso. Ele falou vagamente sobre ter esquecido de avisar-me, perguntou-me rapidamente quando eu deixara a casa e o que eu tinha visto.

Respondi-lhe brevemente com frases fragmentadas.

– Conte-me o que tudo isso significa – eu disse num estado que beirava a histeria.

– Não é nada tão horrível – ele respondeu. – Mas acredito que o senhor tenha tido mais do que o suficiente por um dia. – De repente, o puma soltou um agudo grito de dor. Ao ouvi-lo, Montgomery praguejou em voz baixa. – Que o diabo me carregue – disse – se este lugar não é pior do que Gower Street com seus gatos.

– Montgomery – eu disse –, o que era aquela coisa que veio atrás de mim? Era um animal ou um homem?

– Se não dormir esta noite – ele disse –, o senhor perderá a cabeça amanhã.

Levantei-me diante dele e perguntei novamente:

– O que era aquela coisa que veio atrás de mim?

Ele me olhou diretamente nos olhos e contorceu a boca. Seus olhos, que pareciam animados um minuto antes, perderam o brilho.

– Pelo seu relato – ele respondeu –, acredito ter sido um espectro.

Senti um surto de intensa irritação, que passou com a mesma rapidez com que veio. Deixei-me cair novamente sobre a cadeira e pressionei minhas mãos sobre a testa. O puma retomou seu lamento.

Montgomery girou ao meu redor e pôs a mão em meu ombro.

– Veja bem, Prendick – ele disse –, eu não deveria tê-lo deixado vaguear por esta nossa estúpida ilha. Mas não é tão ruim quanto o senhor pensa. Seus nervos estão em frangalhos. Deixe-me dar-lhe algo que o fará dormir. Aquilo... vai continuar ainda por horas. O senhor deve simplesmente dormir ou então não me responsabilizarei pelo que acontecer.

Não retruquei. Inclinei-me para a frente e cobri meu rosto com as mãos. Ele retornou então com um pequeno frasco contendo um líquido escuro. Ofereceu-o a mim. Bebi sem resistir, e ele me ajudou a instalar-me na rede.

Quando despertei, já era dia. Por um tempo, permaneci deitado, olhando para o teto. Os caibros eram feitos dos destroços de um navio. Virei então a cabeça e vi, sobre a mesa, uma refeição feita para mim. Percebi que estava com fome e preparei-me para saltar para fora da rede, a qual, antecipando muito educadamente minhas intenções, deu um giro e depositou-me de quatro sobre o chão.

Levantei-me e sentei-me diante da comida. Eu tinha uma forte sensação em minha cabeça e, inicialmente, apenas uma vaga lembrança das coisas que haviam ocorrido na noite anterior. A brisa matinal soprava muito agradavelmente através da janela sem vidro, o que, assim como a comida, contribuiu para a sensação de conforto animal que eu tinha. Então, a porta atrás de mim – a porta interna que dava para o pátio do recinto – se abriu. Virei-me e vi o rosto de Montgomery.

– Está tudo bem – ele constatou. – Estou ocupado de um modo assustador. – E fechou a porta.

Mais tarde, descobri que se esquecera de trancá-la novamente. Lembrei-me então da expressão em seu rosto na noite anterior e, com isso, a memória de tudo o que acontecera comigo reconstruiu-se na minha mente. O medo voltou a apoderar-se de mim e, ao mesmo tempo, um grito ressoou do lado de dentro; mas desta vez não era o grito de um puma. Recoloquei no prato a comida que hesitava em meus lábios e escutei. Silêncio, com a exceção do sussurro da brisa matinal. Comecei a pensar que meus ouvidos me tinham enganado.

Após uma longa pausa, retomei minha refeição, mas com os ouvidos ainda atentos. Ouvi então algo diferente, bastante tênue e baixo. Permaneci sentado e como que congelado. Embora fosse suave e baixo, o som afetou-me mais profundamente do que tudo o que eu tinha ouvido até então das abominações atrás da parede. Não havia engano desta vez quanto à natureza daqueles sons fracos e intermitentes; nenhuma dúvida quanto à sua fonte. Pois era um gemido, interrompido por soluços e arfadas de angústia. Não era nenhum animal desta vez; era um ser humano em tormento!

Logo que o constatei, levantei-me e, com três passos, atravessei o quarto, agarrei a maçaneta da porta que dava para o pátio e a abri inteiramente diante de mim.

– Ei, Prendick! Pare! – gritou Montgomery intervindo.

Um assustado lébrel escocês[24] latiu e rosnou. Vi que havia sangue na pia – a maior parte já marrom, e um pouco ainda escarlate – e senti o peculiar cheiro do ácido carbólico. Então, através de uma porta aberta mais adiante, na tênue luz da sombra, vi algo dolorosamente amarrado sobre uma estrutura, repleto de cicatrizes, ensanguentado e enfaixado; e então, cobrindo aquilo tudo, apareceu o rosto do velho Moreau, branco e terrível. Num ins-

---

24. Lébrel escocês: raça canina também conhecida como *deerhound*. (N. T.)

tante, agarrou-me pelo ombro com uma mão manchada de sangue, virou-me com força e atirou-me de cara no chão do meu quarto. Ergueu-me como se eu fosse uma criancinha. Caí esticado sobre o chão, e a porta, uma vez batida, ocultou a acalorada intensidade de seu rosto. Ouvi então uma chave girar na fechadura e a voz de Montgomery protestando.

– Arruinar o trabalho de toda uma vida – ouvi Moreau dizer.

– Ele não entende – disse Montgomery. Outras coisas eram inaudíveis.

– Não tenho tempo a perder com isso – disse Moreau.

Não consegui ouvir o resto. Levantei-me e permaneci trêmulo, com a mente num caos dos mais horríveis temores. Seria possível, pensei, que algo como a vivissecção de homens estivesse sendo conduzido ali? A pergunta projetou-se como um relâmpago através de um céu tumultuoso; subitamente, o confuso horror de minha mente condensou-se na vívida constatação de meu próprio perigo.

Capítulo XI – Caça ao homem

Veio à minha mente, com uma insensata esperança de fuga, que a porta externa de meu quarto ainda se encontrava aberta. Eu estava agora convencido, absolutamente certo, de que Moreau estava vivisseccionando um ser humano. Durante todo o tempo desde que eu ouvira seu nome, eu estivera, de alguma forma, tentando relacionar, em minha mente, o grotesco animalismo dos ilhéus às abominações daquele homem; e agora acreditava ter compreendido tudo. A lembrança de seu trabalho sobre transfusão de sangue retornou à minha mente. Aquelas criaturas que eu vira eram vítimas de algum horrendo experimento. Os nauseantes patifes tiveram meramente a intenção de refrear-me, de enganar-me com sua mostra de confiança e de reservar-me então um destino ainda mais horrível que a morte – com tortura e, após a tortura, a mais horrenda degradação que se possa conceber –, para enviar-me como uma alma perdida, uma besta, junto ao resto de sua turba de Como.[25]

Olhei ao meu redor em busca de uma arma. Nada. Então, movido por uma inspiração, dirigi-me à espreguiçadeira, pus o pé sobre um dos lados e arranquei a barra lateral. Por acaso, um prego ficou preso à madeira, dando um toque de perigo a uma arma de resto um tanto insignificante. Ouvi passos do lado de fora e imediatamente abri a porta, encontrando Montgomery a cerca de um metro de distância. Ele tinha a intenção de trancar a porta externa! Ergui meu bastão e o sacudi na direção de seu rosto, mas ele saltou para trás. Hesitei por um momento. Então, virei-me e fugi, margeando a lateral da casa.

– Ei, Prendick! – ouvi-o gritar atônito. – Não seja tolo, homem!

Mais um minuto, pensei, e ele me teria trancado, deixando-me mais perto de meu destino do que um coelho de laboratório. Ele emergiu de trás da esquina e o ouvi gritar:

– Prendick!

---

25. Na mitologia grega, Como era um sátiro que personificava a folia e a orgia. (N. T.)

Então, ele passou a me perseguir, gritando coisas enquanto corria. Desta vez, fugindo às cegas, avancei na direção nordeste, perpendicularmente ao trajeto de minha expedição anterior. Em dado momento, enquanto corria precipitadamente pela praia, olhei por sobre o ombro e vi seu criado ao seu lado. Subi rapidamente a ladeira até ultrapassá-la; então, virando a leste ao longo de um vale rochoso, margeado de selva em ambos os lados, avancei por talvez um quilômetro e meio ao todo, com o peito extenuado e o coração batendo em meus ouvidos; em seguida, sem ouvir nada de Montgomery ou de seu homem, e sentindo-me à beira da exaustão, dei meia-volta em direção à praia, segundo me parecia, e me escondi, abrigando-me atrás de um canavial. Ali permaneci por um bom tempo, apavorado demais para mover-me ou até mesmo para planejar uma linha de ação. O cenário selvagem ao meu redor repousava silenciosamente sob o sol, e o único som perto de mim era o leve zumbido de alguns pequenos insetos que me haviam descoberto. Dei-me conta então de um sonolento som de respiração, o sussurro do mar além da praia.

Após cerca de uma hora, ouvi Montgomery gritando meu nome, longe ao norte. Aquilo me fez pensar num plano de ação. Segundo pude interpretar então, a ilha era habitada apenas por aqueles dois vivissectores e suas animalizadas vítimas. Algumas delas podiam, sem dúvida, ser coagidas a servi-los contra mim, caso fosse necessário. Eu sabia que tanto Moreau como Montgomery portavam revólveres; e, com a exceção de uma frágil barra de madeira, enfeitada com um pequeno prego, uma mera paródia de clava, eu me encontrava desarmado.

Assim, permaneci imóvel, até que comecei a pensar em comida e bebida; com esse pensamento, o verdadeiro desespero de minha situação ficou claro para mim. Eu não conhecia nenhum meio de conseguir alguma coisa para comer. Eu era demasiado ignorante em botânica para encontrar qualquer refúgio em alguma raiz ou fruto que pudesse pender sobre a minha cabeça; eu não tinha meios de capturar os poucos coelhos existentes na ilha. Quanto mais eu pensava nisso, mais a perspectiva era desanimadora. Por fim, no desespero de minha situação, minha mente se voltou para os homens-animais que eu havia visto. Tentei encontrar alguma esperança no que me lembrava deles. Recordei-me sucessivamente de cada um dos que avistara e procurei extrair da minha memória algum augúrio de ajuda.

Subitamente, ouvi um cão ladrar e me vi diante de um novo perigo. Sem me demorar muito para pensar, ou teriam me alcançado, agarrei meu bastão e saí de meu esconderijo, indo na direção do som do mar. Lembro-me de uma moita de plantas com espinhos que me apunhalavam como canivetes. Sangrando e com as roupas dilaceradas, encontrei-me à margem de um longo córrego que seguia para o norte. Dirigi-me diretamente para a água sem hesitar por um minuto, adentrando o córrego e encontrando-me, então, com água até os joelhos num pequeno riacho. Alcançando finalmente a margem ocidental e com o coração batendo fortemente em meus ouvidos, enfiei-me num emaranhado de samambaias para aguardar a investida. Ouvi o cão (havia apenas um) aproximar-se e latir ao alcançar os espinhos. Em seguida, não ouvi mais nada e comecei a acreditar que tinha escapado.

Os minutos passavam; o silêncio se prolongava, e, finalmente, após uma hora de segurança, minha coragem começou a voltar. Àquela altura, eu não estava mais tão aterrorizado ou tão abatido. Eu ultrapassara, por assim dizer, o limite do terror e do desespero. Eu sentia agora que minha vida estava praticamente perdida, e tal percepção me tornou capaz de ousar qualquer coisa. Eu tinha até mesmo certo desejo de encontrar-me frente a frente com Moreau; e, enquanto eu caminhava na água, lembrei que, caso eu fosse excessivamente pressionado, pelo menos uma via de fuga do tormento ainda permaneceria aberta para mim – eles não podiam realmente impedir-me de me afogar. Eu estava então parcialmente decidido a me afogar, mas um estranho desejo de ver o fim daquela aventura, um esquisito, impessoal, espetacular interesse dentro de mim, me detinha. Estendi meus membros, feridos e doloridos em razão das ferroadas das plantas espinhosas, e olhei para as árvores à minha volta. Então, tão repentinamente que aquilo parecia saltar do bordado verde que o cercava, meus olhos depararam com um rosto negro me observando. Vi que era a criatura simiesca que recepcionara a lancha na praia. Ela se agarrava ao tronco oblíquo de uma palmeira. Agarrei meu bastão e encarei-a firmemente. Ela começou a tagarelar:

– Você... você... você... – era tudo o que eu inicialmente podia distinguir.

De repente, soltou-se da árvore e, no instante seguinte, começou a me observar por entre as folhagens, com curiosidade.

Não senti a mesma repugnância por aquela criatura que senti em meus encontros com os demais homens-animais.

– Você – ele disse –, no barco.

Era, portanto, um homem – ou, pelo menos, era tão homem quanto o criado de Montgomery, pois podia falar.

– Sim – respondi –, vim no barco. Do navio.

– Ah! – exclamou, e seus brilhantes e inquietos olhos me percorreram por inteiro, até as minhas mãos, até o bastão que eu carregava, até os meus pés, até os rasgos em meu casaco e os cortes e arranhões que eu recebera dos espinhos. Pareceu intrigado com algo. Seus olhos retornaram às minhas mãos. Ele ergueu então sua própria mão e contou lentamente seus dedos:

– Um, dois, três, quatro, cinco... não?

Não entendi então o que ele queria dizer; mais tarde, eu constataria que uma grande proporção daquele povo animal tinha mãos malformadas, carecendo, em alguns casos, de até três dedos. Porém, imaginando tratar-se de algum tipo de saudação, respondi com o mesmo gesto. Ele sorriu com imensa satisfação. Então, seu ligeiro e perdido olhar voltou a vaguear; ele fez um rápido movimento – e finalmente desapareceu. As folhas de samambaia que ele mantivera afastadas voltaram a juntar-se.

Lancei-me a toda velocidade atrás dele e fiquei aturdido ao encontrá-lo balançando-se alegremente, suspenso por um braço magro, em cipós que desciam desde a folhagem superior. Estava de costas para mim.

– Olá! – eu disse.

Ele desceu com um salto, girando sobre si mesmo, e permaneceu imóvel, encarando-me.

– Diga-me – perguntei –, onde posso encontrar algo para comer?

– Comer! – exclamou. – Comer comida de homem – e seus olhos se voltaram para os cipós que ainda balançavam. – Nas cabanas.

– Mas onde estão as cabanas?

– Ah!

– Sou novo aqui, entende?

Com isso, virou-se e passou a andar depressa. Todos os seus movimentos eram curiosamente ligeiros.

– Venha comigo – ele disse.

Eu o segui para ver como se desenlaçaria a aventura. Imaginei que as cabanas fossem algum abrigo rústico onde ele e outros daquele povo animal viviam. Talvez eu os achasse amigáveis e encontrasse algum meio de controlar suas mentes. Não sabia até que ponto haviam esquecido sua ascendência humana.

Meu simiesco companheiro trotava ao meu lado, com as mãos pendendo para baixo e sua mandíbula projetada para a frente. Fiquei imaginando que lembranças ele podia guardar em sua mente.

– Há quanto tempo você está nesta ilha? – perguntei.

– Há quanto tempo? – replicou e, após ouvir novamente a pergunta, ergueu três dedos.

A criatura era pouco superior a um idiota. Tentei entender o que ele queria dizer com aquilo e parecia que eu o estava aborrecendo. Após uma ou duas novas perguntas, ele subitamente se distanciou de mim e saltou para agarrar algum fruto suspenso numa árvore. Arrancou um punhado de cascas espinhosas, cujo conteúdo passou a devorar. Observei aquilo com satisfação, pois ali, pelo menos, havia uma indicação de alimento. Procurei fazer-lhe outras poucas perguntas, mas suas respostas, rápidas e verborrágicas, frequentemente não atendiam ao objetivo da questão. Algumas eram inapropriadas, outras se assemelhavam às de um papagaio.

Eu estava tão atento àquelas peculiaridades que pouca atenção dei ao caminho que tomávamos. Deparamos então com árvores inteiramente carbonizadas e marrons e, em seguida, com um lugar desfolhado, recoberto de uma incrustação amarelada e através do qual baforadas de fumaça pungente ao nariz e aos olhos se espalhavam. À nossa direita, sobre um fragmento de rocha nua, vi a extensão azul do mar. O caminho desembocava abruptamente num estreito desfiladeiro entre duas massas caídas e nodosas de escória negra. Por ali descemos.

Aquela passagem era extremamente escura, após a ofuscante luz do sol refletida no solo sulfuroso. Suas paredes se tornavam cada vez mais íngremes, aproximando-se umas das outras.

Nódoas verdes e escarlates insinuavam-se diante de meus olhos. De repente, meu condutor parou.

– Lar! – ele disse.

Eu me encontrava no fundo de um precipício que, de início, me pareceu absolutamente escuro. Ouvi alguns ruídos estranhos e pressionei os olhos com as articulações de minha mão esquerda. Senti um odor desagradável, semelhante ao de uma insalubre gaiola de macaco. Mais adiante, a rocha se abria novamente acima de uma leve ladeira de folhagem ensolarada e, em ambos os lados, a luz descia por entre espaços estreitos até colidir com a obscuridade central.

Capítulo XII – Os que dizem a Lei

De repente, algo frio tocou minha mão. Estremeci violentamente e vi, perto de mim, uma forma incerta e rosada, assemelhando-se mais a uma criança esfolada do que a qualquer outra coisa no mundo. A criatura possuía exatamente os traços suaves, porém repulsivos, de um bicho-preguiça, a mesma testa baixa e gestos lentos.

Conforme passou o choque inicial da mudança de luz, vi com maior nitidez o que estava ao meu redor. A pequena criatura com ares de preguiça estava em pé, encarando-me. Meu condutor desaparecera. O lugar era uma estreita passagem entre altas paredes de lava, uma fissura na rocha nodosa, e, em ambos os lados, montes entrelaçados de briozoários,[26] folhas de palmeira e juncos apoiados contra a rocha formavam tocas grosseiras e impenetravelmente escuras. O sinuoso caminho pelo desfiladeiro tinha, quando muito, três metros de largura, e era desfigurado por nódoas de polpa de fruta deteriorada e outros refugos, o que explicava o desagradável odor do lugar.

A pequena criatura rosada ainda me encarava quando meu homem-macaco reapareceu na abertura da mais próxima daquelas tocas, fazendo-me sinal para entrar. No mesmo instante, um desajeitado monstro emergiu de um daqueles antros, mais adiante naquela estranha rua, e lá permaneceu, como uma silhueta desprovida de traços contra o verde reluzente do horizonte, observando-me firmemente. Hesitei, em parte, decidido a fugir pelo caminho pelo qual eu viera; porém, determinado a continuar minha aventura, agarrei com força meu bastão e segui meu condutor, rastejando para dentro do pequeno e fétido alpendre.

Era um espaço semicircular, moldado como a metade de uma colmeia; e contra o muro rochoso que formava a parede interna havia uma pilha de variados frutos e cocos, entre outras coisas. Alguns grosseiros recipientes de lava e madeira jaziam no chão, e um deles sobre um rústico banquinho. Não havia fogueira. No canto mais sombrio da cabana, havia uma massa disforme sentada

---

26. Pequenos invertebrados coloniais, bastante comuns no mar, mas que ocorrem também em água doce. São animais belos e fascinantes, que formam intrincadas colônias. (N. E.)

na escuridão que grunhiu – Olá! – logo que entrei; meu homem--macaco permaneceu sob a luz tênue da entrada, estendendo-me a metade de um coco enquanto eu rastejava até o canto oposto e me sentava. Peguei o que me oferecia e comecei a mascá-lo, o mais serenamente possível, a despeito de certa trepidação e da quase intolerável estreiteza da toca. A pequena criatura rosada permaneceu na abertura da cabana, e alguma outra coisa, com face sombria e olhos brilhantes, veio observar por sobre seu ombro.

– Ei! – exclamou a massa misteriosa do lado oposto. – É um homem.

– É um homem – repetiu meu condutor –, um homem, um homem, um homem-cinco, como eu.

– Cale a boca! – disse, grunhindo, a voz vinda da escuridão. Eu devorava meu coco em meio a uma impressionante quietude.

Olhei fixamente para o canto escuro, mas não consegui distinguir nada.

– É um homem – repetiu a voz. – Ele veio para viver conosco?

Era uma voz densa, e havia alguma coisa nela – uma espécie de harmonia sibilante – que me pareceu peculiar; mas o sotaque inglês era estranhamente bom.

O homem-macaco olhou-me como se esperasse alguma coisa. Percebi que a pausa era interrogativa.

– Ele veio para viver convosco – ele respondeu.

– É um homem. Deve aprender a Lei.

Comecei então a distinguir uma escuridão mais profunda no contorno preto e vago de uma figura curvada. Notei, em seguida, que a abertura do lugar se encontrava escurecida por duas outras cabeças negras. Minha mão apertou o bastão com mais força.

A Coisa na escuridão repetiu em tom mais alto:

– Diga as palavras!

Entretanto eu perdera sua última observação.

– Não ficar de quatro; essa é a Lei – ele repetiu numa espécie de cantoria.

Eu estava perplexo.

– Diga as palavras – repetiu o homem-macaco.

As figuras na entrada o acuaram com um tom de ameaça em suas vozes.

Percebi que eu tinha de repetir aquela fórmula idiota; e então se iniciou a mais insana das cerimônias. A voz na escuridão começou a entoar uma louca litania, verso por verso, para que eu e os demais a repetíssemos. Enquanto o faziam, balançavam-se de um lado para o outro da maneira mais estranha e batiam as mãos sobre os joelhos; segui seu exemplo. Eu podia ter imaginado que já estava morto e num outro mundo. Aquela cabana escura, aquelas grotescas figuras disformes, manchadas aqui e ali por algum raio de luz, e todas elas balançando-se e cantando em uníssono:

Não ficar de quatro; essa é a Lei. Não somos homens?
Não sugar a bebida; essa é a Lei. Não somos homens?
Não comer peixe nem carne; essa é a Lei. Não somos homens?
Não arranhar a casca das árvores; essa é a Lei. Não somos homens?
Não caçar outros homens; essa é a Lei. Não somos homens?

E assim por diante, da proibição desses atos de loucura até a proibição do que pensei serem as coisas mais insanas, impossíveis e indecentes que se pudessem imaginar. Uma espécie de fervor rítmico se abateu sobre todos nós; falávamos e nos balançávamos cada vez mais rápido, repetindo aquela espantosa lei. Superficialmente, eu me encontrava contagiado por aqueles brutos, mas, no meu interior mais profundo, o riso e o desgosto lutavam um contra o outro. Percorremos uma longa lista de proibições, e então o canto se desviou para uma nova fórmula:

Dele é a Casa de Dor.
Dele é a mão que faz.
Dele é a mão que fere.
Dele é a mão que cura.

E assim por diante, outra longa série, na sua maior parte uma algaravia, absolutamente incompreensível para mim, sobre Ele, fosse quem fosse. Eu podia ter imaginado tratar-se de um sonho, mas eu jamais ouvira cantoria num sonho.

– Dele é a luz do relâmpago – cantávamos. – Dele é o profundo e salgado mar.

Veio à minha mente o horrível pensamento de que Moreau, depois de animalizar aqueles homens, infectara seus diminutos cérebros com uma espécie de deificação de si mesmo. Não obstante, eu estava atento demais aos dentes brancos e às garras afiadas para parar minha cantoria com base nessa explicação.

– Dele são as estrelas no céu.

Finalmente, a canção chegou ao fim. Vi o rosto do homem-macaco brilhando com a transpiração e, com meus olhos agora acostumados à escuridão, mais distintamente a figura no canto de onde vinha a voz. Ela possuía as dimensões de um homem, mas parecia recoberta de uma pelugem cinza e opaca, quase como um *skye-terrier.*[27] O que era ele? O que eram todos eles? O leitor deve imaginar-se cercado de todos os mais horríveis estropiados e maníacos que seja possível conceber; assim poderá compreender um pouco meus sentimentos ao lado daquelas grotescas caricaturas da humanidade ao meu redor.

– É um homem-cinco, um homem-cinco, um homem-cinco... como eu – disse o homem-macaco.

Ergui minhas mãos. A criatura cinzenta inclinou-se para a frente para examiná-las.

– Não correr de quatro; essa é a Lei. Não somos homens? – ele disse.

Estendeu uma presa estranhamente deformada e agarrou meus dedos. A coisa era quase como a pata de um cervo, apresentada em forma de garras. Eu poderia ter gritado de surpresa e de dor. Seu rosto se aproximou e examinou minhas unhas, avançou na direção da luz da abertura da cabana e vi, com um estremecimento de desgosto, que não era a face de um homem, nem a de um animal, mas apenas uma massa de pelos cinzentos, com três arcadas sombreadas marcando o lugar dos olhos e da boca.

– Ele tem unhas pequenas – disse a acinzentada criatura, de dentro de sua felpuda barba. – Isso é bom.

Atirou minha mão para baixo e eu instintivamente agarrei meu bastão.

---

27. Raça canina de origem escocesa caracterizada pelo pequeno porte e por uma pelagem comprida e reta, por vezes de um cinza-escuro. (N. T.)

– Comer raízes e ervas; essa é a vontade dele – disse o homem-macaco.

– Sou o Guardião da Lei – disse a figura cinzenta. – Aqui vêm todos os que são novos no aprendizado da lei. Sento-me no escuro e digo a Lei.

– Assim é – disse uma das bestas na entrada.

– Cruéis são os castigos daqueles que infringem a Lei. Ninguém escapa.

– Ninguém escapa – disse o povo animal, cada um olhando furtivamente para o outro.

– Ninguém, ninguém – disse o homem-macaco –, ninguém escapa. Veja! Uma vez, fiz uma coisa pequena, uma coisa errada. Tagarelei, tagarelei, parei de falar. Ninguém podia entender. Fui queimado, marcado na mão. Ele é grande! Ele é bom!

– Ninguém escapa – disse a criatura cinzenta no canto.

– Ninguém escapa – repetiu o povo animal, cada um olhando de soslaio para o outro.

– Cada um tem uma vontade que é má – disse o cinzento Guardião da Lei. – O que você quer não sabemos; haveremos de saber. Alguns querem perseguir coisas que se movem, espreitar e aproximar-se e esperar e atacar; matar e morder, morder profundamente, sugando o sangue. Isso é mau. "Não caçar outros homens; essa é a lei. Não somos homens? Não comer carne nem peixe; essa é a Lei. Não somos homens?"

– Ninguém escapa – disse um brutamontes malhado, em pé diante da entrada.

– Cada um tem uma vontade que é má – repetiu o cinzento Guardião da Lei. – Alguns querem cavar com dentes e mãos até a raiz das coisas, enfiando o nariz na terra. Isso é mau.

– Ninguém escapa – entoaram os homens que bloqueavam a porta.

– Alguns se agarram a árvores; outros arranham os túmulos dos mortos; outros lutam com testas ou pés ou garras; outros mordem subitamente, sem que ninguém tenha provocado; alguns amam a sujeira.

– Ninguém escapa – disse o homem-macaco coçando a panturrilha.

– Ninguém escapa – repetiu a pequena criatura rosada.

– O castigo é agudo e certeiro. Portanto, aprenda a Lei. Diga as palavras.

Então, de modo desordenado, ele retomou a estranha litania da Lei e, mais uma vez, eu e todas aquelas criaturas começamos a cantar e a nos balançar. Minha cabeça oscilava com aquela algaravia e o intenso fedor do lugar, mas continuei, esperando encontrar em breve a oportunidade de uma nova revelação.

– Não ficar de quatro; essa é a Lei. Não somos homens?

Fazíamos tamanho barulho que não notei nada do tumulto que ocorria do lado de fora, até que alguém, provavelmente um dos dois homens suínos que eu tinha visto, projetou sua cabeça por sobre a pequena criatura rosada e gritou, com excitação, alguma coisa que não pude compreender. Imediatamente, aqueles posicionados na entrada da cabana desapareceram; meu homem-macaco correu para fora; a Coisa que se sentara no escuro o seguiu (observei apenas que aquilo era grande e desajeitado e coberto uma pelugem prateada), e fui deixado sozinho. Então, antes de alcançar a abertura, ouvi o latido de um cão de caça.

No momento seguinte, eu me encontrava fora da choupana, com o bastão em mãos, cada músculo de meu corpo estremecendo. Diante de mim estavam as desajeitadas costas de talvez uma vintena daquelas pessoas bestiais, com suas deformadas cabeças parcialmente enterradas em suas espáduas. Gesticulavam excitadamente. Outros rostos meio animais olharam, com ar inquisitivo, para fora de suas choupanas. Direcionando meus olhos para onde estavam olhando, vi chegar, através da bruma sob as árvores, além do fim da passagem das tocas, a sombria silhueta e a horrenda face branca de Moreau. Ele segurava o saltitante cão de caça e logo atrás dele vinha Montgomery com um revólver na mão.

Por um momento, fiquei imobilizado pelo terror. Virei-me e vi a passagem atrás de mim bloqueada por outro pesado brutamontes, com um imenso rosto cinzento e pequenos olhos cintilantes, avançando em minha direção. Olhei ao meu redor e vi, à direita e a pouco mais de cinco metros de distância, uma estreita fenda no muro de rocha, através da qual um raio de luz se projetava entre as sombras.

– Pare! – gritou Moreau enquanto eu avançava rumo à fenda; em seguida, ordenou: – Agarrem-no!

Num instante, cada rosto, sucessivamente, se voltou para mim. Por sorte, suas mentes bestiais eram lentas. Esbarrei meu ombro num desastrado monstro que se virava para ver o que Moreau queria dizer, arremessando-o contra outra criatura. Senti suas mãos se projetarem para tentar me agarrar, sem conseguirem me alcançar. A pequena criatura rosada colidiu comigo e eu acertei sua horrenda face com o prego de meu bastão; no instante seguinte, eu estava escalando um caminho íngreme, uma espécie de chaminé inclinada para fora do desfiladeiro. Ouvi um uivo atrás de mim e gritos de "peguem-no!" e "agarrem-no!"; a criatura de face cinzenta apareceu então atrás de mim, comprimindo sua imensa massa corporal na fenda.

– Continue! Continue! – berravam os outros.

Escalei a estreita fenda na rocha, alcançando o solo sulfuroso da parte oeste da aldeia dos homens-animais.

Tive sorte de encontrar aquela fenda, pois a estreita chaminé, inclinando-se obliquamente para cima, deve ter retido meus perseguidores mais próximos. Corri pelo espaço branco, descendo em seguida por um declive acentuado, através de um conjunto de árvores dispersas, para chegar a uma baixa extensão de juncos altos, após a qual avancei em meio a uma densa e sombria vegetação rasteira, que se apresentava preta e sumarenta sob os meus pés. Enquanto eu avançava por entre os juncos, meus primeiros perseguidores emergiam da fenda. Por alguns minutos, fui abrindo caminho através daquela vegetação. O ar atrás de mim e ao meu redor logo se encheu de gritos ameaçadores. Ouvi o tumulto de meus perseguidores na fenda acima da ladeira; em seguida, a colisão com os juncos e o estalar contínuo dos galhos. Algumas criaturas rugiam como excitados animais de rapina. Da minha esquerda vinham os latidos do cão de caça. Ouvi Moreau e Montgomery gritando na mesma direção. Fiz uma curva fechada para a direita. Pareceu-me, naquele instante, ter ouvido Montgomery gritar para que eu corresse a fim de me salvar.

Então, o solo sob os meus pés tornou-se abundante e lamacento; mas eu estava desesperado e continuei a avançar, afundando-me até os joelhos, até chegar a uma estreita trilha entre canas altas. O barulho de meus perseguidores se esvaiu à minha esquerda. Em certo ponto, três estranhos, rosados e saltitantes animais, do tamanho de um gato, passaram como um raio diante de mim. O caminho subia pela colina através de outro espaço aberto, recoberto de uma incrustação branca, até mergulhar novamente num canavial. Então, subitamente, o caminho fazia uma curva, seguindo paralelamente à beira de uma fenda de paredes inclinadas, a qual surgia sem aviso e de maneira inesperadamente abrupta, como o *ha-ha*[28] de um parque inglês. Eu ainda corria com todas as minhas forças e não vi a queda até encontrar-me voando frontalmente pelos ares.

Caí sobre meus antebraços e de cabeça, entre espinhos, e levantei-me com uma orelha dilacerada e o rosto ensanguentado. Eu caíra num desfiladeiro íngreme, rochoso e espinhoso, tomado por um denso nevoeiro que se espalhava ao meu redor em pequenas nuvens e com um estreito riachinho, do qual provinha o nevoeiro, serpenteando até o centro. Eu estava atônito diante daquela fina névoa em plena luz do dia; mas não tinha tempo para contemplá-la. Virei à direita, descendo o riacho, esperando alcançar o mar naquela direção e encontrar caminho livre para me afogar. Apenas mais tarde eu perceberia que tinha largado meu bastão durante a queda.

Mais adiante, o desfiladeiro se estreitava em determinado trecho, levando-me a imprudentemente mergulhar os pés no riacho. Saltei rapidamente para fora, pois a água estava quase fervente. Notei também que havia uma fina e sulfurosa escuma flutuando na superfície. Quase imediatamente deparei com uma curva no desfiladeiro e com o indistinto horizonte azul. O mar próximo refletia a luz do sol numa miríade de facetas. Vi minha morte diante de mim, mas eu estava com calor e ofegante, com o sangue quente vazando pelo meu rosto e correndo agradavelmente pelas minhas veias. Eu também sentia mais do que um toque de exultação por ter-me distanciado de meus perseguidores. Eu não mais sentia em mim o ímpeto de me afogar. Fiquei imóvel, de costas para o caminho de onde viera.

---

28. Elemento arquitetônico muito usado em parques e jardins ingleses. Corresponde a uma barreira vertical que bloqueia a travessia de veículos e alguns animais, sem, porém, obstruir a passagem. Constitui-se de um desnível no solo, geralmente marcado pela construção de um pequeno muro de pedra. Acredita-se que o jocoso nome atribuído a essa estrutura se refere às exclamações de surpresa daqueles que deparavam com tais muretas. (N. T.)

Escutei. Com a exceção do zumbido dos mosquitos e do pio de alguns pequenos insetos que saltavam dentre os espinhos, o ar estava absolutamente silencioso. Veio então o latido de um cão, bastante tênue, e alguma algaravia, o estalo de um açoite, e vozes. Tais sons se ampliaram antes de voltar a diminuir. O barulho recuou para além do riacho, até desaparecer. Por um momento, a caçada parecia ter se encerrado; mas eu sabia agora quanta esperança de ajuda eu podia encontrar entre o povo animal.

Capítulo XIII – Parlamentação

Virei-me novamente e desci em direção ao mar. Constatei que o riacho quente desembocava num areal raso e repleto de algas, sobre o qual uma abundância de caranguejos e de criaturas de corpos longos e múltiplas patas se agitou com meus passos. Caminhei até a beira da água salgada e senti então que estava a salvo. Virei-me e, com as mãos na cintura, olhei atentamente para a densa vegetação atrás de mim, a qual o vaporoso desfiladeiro atravessava qual um talho esfumaçado. Porém, como eu disse, eu estava excitado demais e – o que é verdadeiro, embora aqueles que nunca passaram pelo perigo possam duvidar disso – desesperado demais para morrer.

Passou então pela minha cabeça que ainda me restava uma chance. Enquanto Moreau e Montgomery e sua turba bestial me perseguiam pela ilha, por que eu não seguia pela praia até chegar ao recinto? Assim, marcharia paralelamente a eles e, então, com uma pedra arrancada de seu muro construído de modo desleixado, talvez eu pudesse esmagar a fechadura da porta menor e procurar algo (faca, pistola ou qualquer outra coisa) para enfrentá-los quando retornassem. Era, de qualquer modo, algo a ser tentado.

Assim, segui a oeste, caminhando à beira-mar. O sol poente irradiava seu ofuscante calor em meus olhos. A leve maré do Pacífico afluía numa suave ondulação. Então, a margem se distanciou para o sul e o sol se encontrou à minha direita. De repente, longe à minha frente, vi primeiro uma e, em seguida, várias figuras emergindo das moitas – Moreau, com seu cinzento cão de caça, seguido de Montgomery e dois outros. Imediatamente me detive.

Avistaram-me e começaram a gesticular e avançar. Permaneci imóvel, vendo-os se aproximar. Os dois homens-animais vieram correndo abertamente a fim de impedir-me de voltar para a mata. Montgomery também veio correndo, mas diretamente ao meu encontro. Moreau seguiu mais lentamente, acompanhado do cão.

Finalmente, despertei de minha inação e, virando-me para o mar, caminhei direto para dentro da água. A princípio, a profundidade da água estava bastante rasa. Tive de avançar trinta metros até que as ondas alcançassem a minha cintura. Eu podia vagamente ver as criaturas marinhas afastarem-se de meus pés.

– O que está fazendo, homem? – gritou Montgomery.

Virei-me, com água até a cintura, e os encarei. Montgomery permaneceu ofegante à beira da água. Seu rosto estava vermelho e brilhante de exaustão, com seus longos cabelos louros esvoaçantes em volta da cabeça e seu pendente lábio inferior exibindo seus dentes irregulares. Moreau apenas agora se aproximava, com o rosto pálido e firme, e retinha com a mão o cão que latia na minha direção. Os dois homens carregavam pesados açoites. Mais acima na praia, os homens-animais observavam a cena.

– O que estou fazendo? Vou me afogar – respondi.

Montgomery e Moreau olharam um para o outro.

– Por quê? – perguntou Moreau.

– Porque é melhor do que ser torturado pelo senhor.

– Eu avisei – disse Montgomery, e Moreau disse algo em voz baixa.

– O que o faz pensar que irei torturá-lo? – perguntou Moreau.

– O que vi – respondi. – E aqueles... ali.

– Silêncio! – disse Moreau erguendo sua mão.

– Não me calarei – respondi. – Eles eram homens; o que são agora? Pelo menos, não serei como eles.

Olhei para além de meus interlocutores. Mais adiante, na praia, estava M'ling, o criado de Montgomery, e um dos brutamontes enfaixados de branco que estavam no barco. Mais longe, à sombra das árvores, vi meu pequeno homem-macaco e, atrás dele, outras fisionomias incertas.

– Quem são essas criaturas? – eu disse, apontando para elas e elevando cada vez mais minha voz, no intuito de que elas me ouvissem. – Eram homens, homens como vós, e que infectastes com alguma contaminação bestial – homens que escravizastes e ainda temeis. Vocês que me ouvem – gritei, apontando agora para Moreau e esgoelando-me para ser ouvidos pelos homens-animais que se encontravam além dele. – Vocês que me ouvem! Não veem que esses homens ainda os temem, que eles têm pavor de vocês? Por que, então, vocês têm medo deles? Vocês são tantos...

– Pelo amor de Deus – gritou Montgomery –, pare com isso, Prendick!

– Prendick! – gritou Moreau.

Ambos gritaram ao mesmo tempo, como que para sufocar minha voz; e, atrás deles, inclinavam-se os rostos atentos dos homens-animais, pensativos, com as mãos pendentes e os ombros curvados. Pareciam, imaginei, estar tentando entender-me, e lembrar-se de algo de seu passado humano.

Continuei a gritar, não lembro o quê – que Moreau e Montgomery podiam ser mortos, que não deviam ser temidos: foi esse o fardo do que introduzi nas mentes do povo animal. Vi o homem de olhos verdes e coberto de farrapos escuros, que eu conhecera na tarde de minha chegada, emergir por entre as árvores, seguido de outros, para ouvir-me melhor. Finalmente, carecendo de fôlego, fiz uma pausa.

– Ouça-me por um instante – disse a voz firme de Moreau – e então diga o que quiser.

– Então? – respondi.

Ele tossiu, pensou e então gritou:

– Latim, Prendick! Um mau latim, de nível escolar; mas procure entender. *Hi non sunt homines; sunt animalia qui nos habemus...*[29] vivisseccionados. Um processo humanizador. Eu lhe explicarei tudo. Venha para a margem.

Eu ri.

– É uma bela história – eu disse. – Eles falam, constroem casas. Eram homens. É provável mesmo que eu vá até a margem.

– A água logo atrás de onde o senhor está é profunda... e repleta de tubarões.

– É o meu destino – respondi. – Rápido e certeiro. Até logo.

– Espere um minuto. – Tirou algo de seu bolso que refletiu a luz do sol e deixou cair o objeto aos seus pés. – É um revólver carregado – ele disse. – Montgomery fará o mesmo. Agora, subiremos pela praia até que o senhor esteja confiante de que a distância é segura. Então, venha e pegue os revólveres.

– Eu não! Um de vós deve ter um terceiro.

– Quero que o senhor reflita um pouco, Prendick. Em primeiro lugar, nunca lhe pedi que viesse até a ilha. Se vivisseccionássemos

29. "Estes não são homens; são animais que temos aqui." (N. T.)

homens, teríamos de importar homens, não animais. Além disso, dopamos o senhor na noite passada; caso quiséssemos fazer-lhe algum mal, a ocasião teria sido boa; e também, agora que seu terror inicial passou e que o senhor pode refletir um pouco, será que Montgomery corresponde ao caráter que o senhor lhe atribui? Perseguimos o senhor para o seu próprio bem. Pois esta ilha está repleta de fenômenos hostis. Por que atiraríamos quando o senhor acaba de propor afogar-se?

– Por que o senhor lançou... sua gente atrás de mim quando eu estava na cabana?

– Estávamos certos de poder agarrá-lo e tirá-lo do perigo. Mais tarde, nós nos afastamos de seu caminho para seu próprio bem.

Fiquei pensativo. Aquilo parecia possível. Então, lembrei-me novamente de algo:

– Mas eu vi – disse – no recinto...

– Aquilo era o puma.

– Escute aqui, Prendick – disse Montgomery –, o senhor é um tolo idiota! Saia da água e pegue esses revólveres para que possamos conversar. Não podemos fazer mais do que estamos fazendo agora.

Devo confessar que naquele momento – e, na verdade, o tempo inteiro – eu desconfiava e tinha medo de Moreau; mas Montgomery era um homem que eu acreditava entender.

– Subam pela praia – eu disse depois de refletir, e acrescentei: – mantenham as mãos ao alto.

– Não podemos fazer isso – disse Montgomery com um aceno explicativo por sobre o ombro. – É humilhante.

– Afastem-se então até as árvores – eu disse –, como preferirem.

Ambos se viraram e encararam as seis ou sete grotescas criaturas que lá permaneciam sob a luz do sol, sólidas, projetando sombras, movendo-se e, no entanto, tão incrivelmente irreais. Montgomery estalou seu açoite na direção delas e todas imediatamente se viraram e fugiram desordenadamente para as árvores; e, quando Montgomery e Moreau se encontraram a uma distância que julguei suficiente, voltei a terra firme, apanhei e examinei os revólveres. Para precaver-me contra o mais sutil truque, desferi um tiro contra um pedaço arredondado de lava e tive a satisfação de ver a pedra pulverizada e a areia coberta de chumbo. Ainda assim, hesitei por um instante.

– Vou arriscar – eu disse finalmente; e, com um revólver em cada mão, caminhei pela praia na direção dos dois.

– Assim é melhor – disse Moreau com afetação. – Dessa maneira o senhor desperdiçou a melhor parte do meu dia com sua confusa imaginação. – E com um toque de desdém que me humilhou, ele e Montgomery se viraram e começaram a andar em silêncio à minha frente.

O bando de homens-animais, ainda pensativo, ficou para trás, entre as árvores. Passei por eles o mais serenamente possível. Um deles começou a me seguir, mas recuou novamente quando Montgomery estalou seu açoite. O resto permaneceu em silêncio, observando. Talvez um dia tivessem sido animais, mas nunca dantes eu vira um animal tentando pensar.

Capítulo XIV – O doutor Moreau explica

– E agora, Prendick, explicar-me-ei – disse o doutor Moreau logo depois de terminarmos de comer e beber. – Devo confessar que o senhor é o hóspede mais ditatorial que já recebi. Aviso-lhe que esta é a última vez que agirei para obsequiá-lo. Na próxima vez que o senhor ameaçar cometer suicídio, não farei nada... mesmo que isso me traga alguma inconveniência pessoal.

Sentou-se em minha espreguiçadeira com um charuto parcialmente consumido em seus dedos brancos e de aparência ágil. A luz da tremulante luminária caía em seu cabelo branco; ele contemplou, através da pequena janela, a luz das estrelas. Sentei-me o mais longe possível dele, separado pela mesa e com os revólveres ao meu alcance. Montgomery não estava presente. Eu realmente não fazia questão de estar com aqueles dois num quarto tão pequeno.

– O senhor deve admitir que o ser humano vivisseccionado, como o senhor o chamou, é, afinal, apenas o puma, não? – disse Moreau.

Ele me fizera visitar aquele horror na sala interior para que eu me assegurasse de sua inumanidade.

– É o puma – eu disse – ainda vivo, mas retalhado e mutilado de tal maneira que rezo para nunca mais ver semelhante carne viva. De todas as coisas vis...

– Esqueça isso – disse Moreau –; ou, pelo menos, poupe-me dessas reações juvenis. Montgomery costumava agir da mesma forma. O senhor admite que é o puma. Agora fique em silêncio enquanto lhe faço minha exposição de fisiologia.

Então, sem demora, adotando inicialmente o tom de um homem supremamente entediado, mas logo reanimando-se um pouco, explicou-me seu trabalho. Falava de modo simples e convincente. De vez em quando, havia um toque de sarcasmo em sua voz. Fiquei então bastante envergonhado por causa de nossas posturas recíprocas.

As criaturas que eu vira não eram homens e nunca haviam sido homens. Eram animais, animais humanizados – triunfos da vivissecção.

– O senhor se esquece de tudo que um hábil vivissector pode fazer com seres vivos – disse Moreau. – De minha parte, não compreendo por que as coisas que fiz aqui não foram feitas anteriormente. Pequenos esforços, é claro, têm sido realizados – amputação, ablação lingual, excisões. O senhor sabe, é claro, que um estrábico pode ser induzido ou curado por cirurgia, não? Ademais, no caso das excisões, existem todos os tipos de mudanças secundárias, distúrbios pigmentários, modificações das paixões, alterações na secreção do tecido adiposo. Não tenho dúvida de que o senhor já ouviu falar dessas coisas.

– É claro – eu disse. – Mas essas imundas criaturas que o senhor...

– Tudo a seu tempo – interrompeu, balançando a mão em minha direção. – Estou apenas no começo. Esses que citei são casos triviais de alteração. A cirurgia pode fazer coisas melhores do que essas. É possível construir tanto quanto desmembrar ou modificar. O senhor talvez tenha ouvido falar de uma operação cirúrgica comum à qual se recorre em casos em que o nariz foi destruído: um fragmento de tecido é extraído da testa e enxertado no nariz, cicatrizando-se na nova posição. Esse é um tipo de transplante de uma parte de um animal em nova posição no mesmo animal. Enxerto de material recentemente obtido de outro animal também é possível – caso dos dentes, por exemplo. O enxerto de pele e osso é feito para facilitar a cicatrização: o cirurgião insere no centro da ferida fragmentos de pele extraídos de outro animal ou fragmentos de osso de uma vítima recentemente morta. A espora do galo de Hunter – o senhor possivelmente ouviu falar disso – floresceu na nuca de um touro;[30] e devemos lembrar também dos ratos rinocerontes dos zuavos argelinos[31] – monstros fabricados pela transferência de um fragmento do rabo de um rato ordinário para o seu focinho, permitindo que cicatrizasse nessa posição.

– Monstros fabricados! – exclamei. – Então o senhor quer me dizer que...

– Sim. Essas criaturas que o senhor viu são animais esculpidos e forjados em novas formas. A isto, o estudo da plastici-

30. Moreau se refere aqui aos experimentos do anatomista, fisiologista e cirurgião escocês John Hunter (1728-1793). (N. T.)

31. Zuavos: soldados de infantaria ligeira da Argélia (e outras colônias francesas na África do Norte), a serviço do exército francês (N. T.).

dade das formas vivas, minha vida foi devotada. Estudei por anos, acumulando conhecimento à medida que avançava. Vejo que o senhor parece horrorizado e, no entanto, não lhe digo nada de novo. Tudo isso se encontra na superfície da anatomia prática há anos, mas ninguém teve a coragem de abordá-lo. Não é simplesmente a forma exterior de um animal que posso alterar. A fisiologia, o ritmo químico da criatura, também pode ser submetida a modificação permanente – da qual a vacinação e outros métodos de inoculação, com matéria viva ou morta, constituem exemplos que, sem dúvida, são familiares ao senhor. Uma operação semelhante é a transfusão de sangue – objeto, na verdade, pelo qual comecei. Esses são todos casos familiares. Menos frequentes, e provavelmente muito mais extensivas, eram as operações dos práticos medievais que criavam anões, mendigos estropiados, monstros de espetáculo – de cuja arte restam alguns vestígios na manipulação preliminar do jovem saltimbanco ou contorcionista. Victor Hugo nos oferece uma descrição deles no *Homem que ri*.[32] Mas talvez o que quero dizer pareça mais simples agora. O senhor começa a ver que é possível transplantar tecido de uma parte de um animal para outra ou de um animal para outro; alterar suas reações químicas e seus métodos de crescimento; modificar as articulações de seus membros; e, com efeito, alterá-lo em sua estrutura mais íntima. E, no entanto, esse extraordinário ramo do conhecimento nunca foi investigado como um fim, e de maneira sistemática, por pesquisadores modernos, até que eu me dediquei a ele! Algumas dessas coisas foram descobertas no último recurso da cirurgia; a maior parte das evidências análogas que virão à sua mente foi, por assim dizer, demonstrada por acidente – por tiranos, criminosos, criadores de cavalos e cães, por todos os tipos de homens incultos e imperitos trabalhando para seus próprios e imediatos fins. Eu fui o primeiro homem a abordar essa questão munido da cirurgia antisséptica e com um real conhecimento científico das leis do crescimento. No en-

32. *L'Homme qui rit*: romance filosófico de Victor Hugo, publicado em 1869, no qual o autor, a exemplo do que fizera em *O corcunda de Notre-Dame*, faz de uma figura fisicamente monstruosa (o saltimbanco Gwynplaine, cuja face mutilada ostenta um riso permanente) o herói de sua história. (N. T.)

tanto, é possível imaginar que isso deve ter sido praticado em segredo anteriormente. Criaturas como os gêmeos siameses... E nas criptas da Inquisição. Não há dúvida de que seu principal objetivo era a tortura artística, mas alguns, pelo menos, dos inquisidores devem ter tido um toque de curiosidade científica.

– Mas – eu disse – essas coisas... esses animais falam!

Ele disse que era verdade e começou a assinalar que as possibilidades da vivissecção não se limitavam à mera metamorfose física. Um porco pode ser educado. A estrutura mental é ainda menos determinada do que a corporal. Em nossa florescente ciência do hipnotismo, encontramos a perspectiva de possivelmente suplantar velhos instintos inerentes por novas sugestões, enxertando-as sobre ideias herdadas e fixas ou substituindo essas últimas. Com efeito, muito daquilo a que chamamos educação moral, ele disse, é uma semelhante modificação artificial e uma perversão do instinto; a pugnacidade é convertida em corajoso autossacrifício e a sexualidade reprimida em emoção religiosa. E a grande diferença entre o homem e o macaco, ele afirmou, está na laringe – na capacidade de delicadamente enquadrar diferentes símbolos sonoros por meio dos quais o pensamento poderia ser sustentado. Nesse ponto, não podia concordar com ele, mas, com certa brusquidão, ele se recusou a registrar minha objeção. Repetiu que assim eram as coisas e continuou o relato de seu trabalho.

Perguntei-lhe por que tomara a forma humana como modelo. Parecia-me, então, e ainda me parece agora, haver uma estranha perversidade naquela escolha.

Confessou que escolhera aquela forma por acaso:

– Eu poderia muito bem ter trabalhado para transformar ovelhas em lhamas e lhamas em ovelhas. Suponho que haja algo na forma humana que atrai mais poderosamente a transformação artística do que qualquer forma animal. Mas não me restringi à fabricação de homens. Por uma ou duas vezes... – Silenciou por, talvez, um minuto. – Todos esses anos! Com que rapidez passaram! E eis que desperdicei um dia salvando sua vida e estou desperdiçando uma hora explicando-me!

– Mas ainda não compreendo – eu disse. – Onde está sua justificativa para infligir tamanha dor? A única coisa que poderia, aos meus olhos, desculpar a vivissecção seria alguma aplicação...

– Precisamente – ele interrompeu. – Mas, veja, sou formado de um modo diferente. Estamos em estágios diferentes. O senhor é um materialista.

– Não sou um materialista – exclamei nervoso.

– A meu ver... a meu ver. Pois é apenas a questão da dor que nos separa. Enquanto a dor visível ou audível lhe causar desgosto, enquanto sua própria dor o guiar, enquanto a dor sustentar suas ideias sobre o pecado... digo que o senhor será um animal, pensando de um modo pouco menos obscuro do que pensa um animal. Essa dor...

Diante de tal sofisma, encolhi os ombros de modo impaciente.

– Ah, mas é uma coisa tão pequena! Uma mente verdadeiramente aberta ao que a ciência tem a ensinar deve reconhecer que é uma coisa pequena. Pode ser que, exceto neste pequeno planeta, esta pitada de poeira cósmica, invisível muito antes que se possa alcançar a estrela mais próxima... pode ser, repito, que em nenhum outro lugar exista essa coisa chamada dor. Mas as leis para as quais nos dirigimos, tateando nosso caminho... Aliás, mesmo nesta terra, mesmo entre seres vivos, que dor há?

Enquanto falava, tirou um pequeno canivete de seu bolso, abriu a lâmina menor, e deslocou sua cadeira para que eu pudesse ver sua coxa. Então, escolhendo cuidadosamente o local, introduziu a lâmina em sua perna e a retirou.

– Sem dúvida – ele disse – o senhor já viu isso antes. Não dói mais do que um alfinete. Mas o que isso mostra? A capacidade para a dor não é inerente ao músculo e não está nele situada... tampouco é inerente à pele, e apenas num lugar ou outro da coxa existe um ponto capaz de sentir dor. A dor é simplesmente nosso conselheiro médico intrínseco para nos alertar e nos estimular. Nem toda carne viva é sensível à dor; assim como não o são todos os nervos, nem mesmo todos os nervos sensoriais. Não há sequer uma sombra de dor, dor real, nas sensações do nervo óptico. Se ferirmos o nervo óptico, veremos apenas clarões – assim como uma doença do nervo auditivo traz apenas um zumbido aos nossos ouvidos. Plantas não sentem dor e tampouco a sentem os animais menores; é possível que animais como a estrela-do-mar e o lagostim não sintam dor alguma. Mas, no caso dos homens, quanto mais se tornam inteligentes, mais eles buscam racionalmente seu próprio bem--estar e menos necessitam do estímulo para manter-se fora de perigo. Nunca ouvi falar de algo inútil que não tenha sido, cedo ou tarde, suprimido pela evolução. O senhor ouviu? E a dor vai se tornando inútil.

– Assim, sou um homem religioso, Prendick, como todo homem são deve ser. É possível, imagino, que eu tenha visto mais caminhos do Autor deste mundo do que o senhor, pois investiguei suas leis, à minha maneira, por toda a minha vida, enquanto o senhor, pelo que vejo, andou colecionando borboletas. Digo-lhe, ademais, que prazer e dor nada têm a ver com céu ou inferno. Prazer e dor... Ah! O que é o êxtase do teólogo senão a húri[33] de Maomé no escuro? A reserva que homens e mulheres têm quanto ao prazer e à dor, Prendick, é a marca neles deixada pela besta... a marca da besta da qual vieram! Dor, dor e prazer, essas coisas nos serão destinadas apenas enquanto nos contorcermos no pó... Veja, prossegui com esta pesquisa pelo caminho que ela me indicou. Essa é a única maneira que conheço de conduzir uma verdadeira pesquisa. Formulei uma pergunta, criei um método para obter uma resposta e obtive uma nova pergunta. Isso era possível ou então aquilo era possível? O senhor não pode imaginar o que isso significa para um pesquisador, que paixão intelectual se apodera dele! O senhor não pode imaginar o estranho e incolor deleite desses desejos intelectuais! A coisa diante de mim não é mais um animal, uma criatura semelhante a mim, mas um problema! A dor simpática... tudo o que sei a seu respeito é algo que lembro ter sofrido muitos anos atrás. Eu queria – era tudo o que eu queria – descobrir o limite extremo da plasticidade numa forma viva.

– Mas – eu disse – a coisa é uma abominação...

– Até este dia, nunca me perturbei com a ética do problema – continuou. – O estudo da natureza torna o homem pelo menos tão desprovido de remorso quanto a própria natureza. Prossegui, sem atentar para nada além da questão que eu investigava; e o material está... reunido naquelas cabanas. Faz exatamente onze

33. Húris, de acordo com a fé islâmica, são as virgens celestiais prometidas aos homens fiéis e bem-aventurados como prêmio por suas boas ações na vida terrena. (N. T.)

anos que chegamos aqui, eu, Montgomery e seis canacos.[34] Lembro-me como se fosse ontem da calmaria verde da ilha e do mar vazio ao nosso redor. O lugar parecia estar esperando por mim... As provisões foram desembarcadas e a casa foi construída. Os canacos instalaram algumas cabanas perto do desfiladeiro. Vim trabalhar aqui com base no que eu trouxera comigo. Algumas coisas desagradáveis aconteceram no início. Comecei com um carneiro e o matei após um dia e meio com um deslize do bisturi. Peguei outro carneiro e o transformei em um objeto de dor e medo; deixei-o enfaixado para que cicatrizasse. Pareceu-me bastante humano quando terminei, mas, quando me aproximei, fiquei descontente com o resultado. Ele se lembrava de mim e estava mais aterrorizado do que se poderia imaginar; e não tinha mais do que a inteligência de um carneiro. Quanto mais eu o observava, mais desajeitado ele me parecia, até que dei ao monstro o golpe de misericórdia. Esses animais sem coragem, essas coisas assombradas pelo medo e movidas pela dor, sem uma faísca de energia pugnaz para enfrentar o tormento... eles não servem para a fabricação de homens. Escolhi então um gorila que eu tinha e, com base nele, trabalhando com extremo cuidado e superando dificuldade após dificuldade, fiz meu primeiro homem. Durante a semana toda, dia e noite, eu o moldei. No caso dele, era principalmente o cérebro que precisava ser moldado; havia muito a ser acrescentado e muito a ser alterado. Quando terminei, vi nele um belo espécime de tipo negroide, e ele permaneceu enfaixado, amarrado e imóvel diante de mim. Foi apenas quando sua vida se encontrou fora de perigo que o deixei e retornei a este quarto, encontrando Montgomery exatamente como o senhor está. Ele ouvira alguns gritos enquanto a coisa se tornava humana – gritos como aqueles que tanto perturbaram o senhor. Inicialmente, eu não lhe dera toda a minha confiança. E os canacos também notaram alguma coisa. A minha visão lhes causava o mais profundo terror. Consegui trazer Montgomery para o meu lado... de certa forma, mas nós dois tivemos a maior dificuldade em impedir que os canacos desertassem. No

34. Canaco: nome dado aos trabalhadores oriundos das ilhas do Pacífico e empregados em colônias britânicas no século XIX e no início do século XX. (N. T.)

fim, foi o que fizeram; e assim perdemos o iate. Passei muitos dias educando o bruto – no total, dediquei-me a ele por três ou quatro meses. Ensinei-lhe os rudimentos da língua inglesa, dei-lhe noções de contabilidade e até fiz com que lesse o alfabeto. Nisso ele era lento, embora eu tenha encontrado idiotas ainda mais lentos. Mentalmente, ele começou com uma página em branco; não lhe restavam, em sua mente, memórias do que ele tinha sido. Quando suas cicatrizes se encontraram inteiramente curadas e ele não estava mais dolorido e rígido, podendo agora conversar um pouco, levei-o até os canacos, a quem o apresentei como um interessante clandestino... De início, ficaram, de alguma maneira, terrivelmente apavorados com ele... o que me ofendeu profundamente, pois eu estava orgulhoso dele; mas seus modos pareciam tão mansos e ele era tão abjeto que, após algum tempo, eles o acolheram e assumiram sua educação. Ele aprendia rapidamente, com grande capacidade de imitação e de adaptação, e construiu para si mesmo uma choupana muito superior, segundo me pareceu, às cabanas dos demais. Havia, entre os rapazes, uma espécie de missionário que ensinou a coisa a ler ou, pelo menos, a discernir letras, e lhe deu algumas noções rudimentares de moralidade; mas parece que os hábitos da besta não eram de todo recomendáveis... Tirei alguns dias de repouso após aquilo e estava decidido a escrever um relato do caso inteiro para despertar a fisiologia inglesa. Então, deparei com a criatura agachada sobre uma árvore algaraviando com dois canacos que a estavam provocando. Ameacei-a, apontei a inumanidade de tal comportamento, despertei seu senso de vergonha e retornei à casa decidido a fazer melhor antes de levar meu trabalho de volta à Inglaterra. Tenho feito melhor. Mas, de alguma forma, as coisas retrocedem; dia após dia, a teimosa carne animal torna a crescer. Mas ainda espero fazer coisas melhores, espero superar isso. Aquele puma... Mas essa é a história. Todos os rapazes canacos estão mortos agora; um caiu da lancha no mar e outro morreu em decorrência de um ferimento no calcanhar, o qual ele de alguma forma intoxicara com seiva de planta. Três fugiram no iate e suponho, e espero, que tenham se afogado. O outro... foi morto. Enfim, eu os substituí. A princípio, Montgomery se comportou como o senhor gostaria que ele se comportasse, e então...

– O que aconteceu com o outro? – perguntei abruptamente. – O canaco que foi morto?

– O fato é que, depois de ter feito um grande número de criaturas humanas, eu fiz uma Coisa. – Ele hesitou.

– Sim? – eu disse.

– A Coisa foi morta.

– Não compreendo – eu disse –, o senhor quer dizer que...

– Ela matou os canacos... sim. Matou muitas outras coisas que conseguiu apanhar. Perseguimo-la por uns dois dias. Soltara-se apenas por acidente... nunca foi minha intenção que aquilo fugisse. Era uma Coisa desprovida de membros, com uma face horrível, que se arrastava pelo chão à maneira de uma serpente. Era imensamente forte e sentia uma dor enraivecedora. Escondeu-se no mato por alguns dias, até que a caçamos; então, a Coisa serpeou até a parte setentrional da ilha, e dividimos a equipe para encurralá-la. Montgomery insistiu em me acompanhar. O canaco tinha um rifle e, quando seu corpo foi encontrado, um dos canos estava torcido na forma de um S e quase atravessado por uma mordida. Montgomery atirou na Coisa. Depois daquilo, ative-me ao ideal de humanidade... exceto para coisas pequenas.

Ele parou então de falar. Permaneci em silêncio, observando seu rosto.

– Assim, por vinte anos ao todo – contando nove anos na Inglaterra –, tenho prosseguido; e ainda há alguma coisa em tudo o que eu faço que me derrota, me deixa insatisfeito, me desafia a fazer novos esforços. Por vezes, elevo-me acima de meu nível; outras vezes, desço abaixo dele; mas sempre fico aquém das coisas com que sonho. Posso agora obter a forma humana quase com facilidade, de modo que seja leve e graciosa ou pesada e forte, mas frequentemente há problemas com as mãos e com as garras... as quais não ouso moldar muito livremente. Mas é nos enxertos e nas alterações sutis que se devem fazer no cérebro que residem meus problemas. Muitas vezes, a inteligência é singularmente lenta, com inexplicáveis vazios e inesperadas lacunas. E o menos satisfatório de tudo é algo que não consigo discernir, em algum lugar – não consigo determinar onde – no nível das emoções. Ânsias, instintos, desejos que afetam a humanidade, um estranho e escondido reservatório que subitamente emerge e inunda a criatura inteira com raiva, ódio ou medo. Essas minhas criaturas pareceram-lhe estranhas e incomuns logo que o senhor começou a observá-las, mas, para mim, assim que as faço, parecem-me indiscutivelmente seres humanos. É mais tarde, quando as observo, que tal percepção se dissipa. Um traço animal, seguido de outro, sobe à superfície e fica a encarar-me. Mas ainda vou superar isso! Toda vez que mergulho uma criatura viva num banho em que causo dor ardente, digo: "Desta vez, incinerarei todo o animal; desta vez, farei minha própria criatura racional!". Afinal, o que são dez anos? Foram precisos cem mil para fazer o homem. – Ele mergulhou então em pensamentos profundos. – Mas estou cada vez mais perto de descobrir o segredo. Esse meu puma... – Após um silêncio, continuou: – E eles retrocedem. Assim que minha mão se afasta deles, o animal começa a voltar, começa a afirmar-se novamente. – Outro longo silêncio.

– Então, o senhor leva as coisas que faz para aquelas tocas? – eu disse.

– Elas vão para lá. Eu as solto quando começo a sentir o animal nelas e logo elas se dirigem para lá. Todas elas temem esta casa e eu. Há uma espécie de paródia de humanidade naquele lugar. Montgomery sabe disso, pois interfere nos assuntos daquelas coisas. Ele treinou uma ou duas delas para o nosso serviço. Ele tem vergonha disso, mas acredito que gosta um pouco de alguns daqueles animais. Isso é problema dele, não meu. Eles apenas me dão nojo e uma sensação de fracasso. Não tenho nenhum interesse por eles. Imagino que sigam as linhas traçadas pelo missionário canaco e que possuam uma espécie de paródia de vida racional, pobres animais! Existe algo que eles denominam "a lei". Cantam hinos sobre "o Altíssimo". Constroem por si mesmos suas tocas, armazenam frutas e arrancam ervas... e até mesmo se casam. Mas posso ver através de tudo isso, ver dentro de suas almas, e nada encontro lá senão almas de animais, animais que perecem,[35] raiva e as paixões de viver e satisfazer a si mesmos... E, no entanto, são estranhos; complexos como todos os outros seres vivos. Existe neles uma espécie de aspiração a algo

35. Referência ao Salmo 49:20: "O homem que está em honra, e não tem entendimento, é semelhante aos animais, que perecem". (N. T.)

superior, em parte vaidade, em parte emoção sexual dispersa, em parte curiosidade desperdiçada. Isso apenas me frustra. Tenho alguma esperança por esse puma. Trabalhei duro em sua cabeça e em seu cérebro... E agora – disse ele, erguendo-se após um longo silêncio, durante o qual cada um de nós seguiu seus próprios pensamentos –, o que o senhor pensa? Ainda tem medo de mim?

Olhei para ele e vi apenas um homem de rosto e cabelos brancos e olhos calmos. Com sua serenidade, o toque de quase beleza que resultava de sua inabalável tranquilidade e de seu magnífico porte, ele poderia ter feito boa figura entre uma centena de outros velhos e abastados cavalheiros. Então, estremeci. Como resposta à sua segunda pergunta, entreguei-lhe um revólver com cada uma das mãos.

– Guarde-os – ele disse antes de bocejar. Levantou-se, encarou-me por um instante e sorriu. – O senhor teve dois dias bastante agitados – ele disse. – Recomendo algum sono. Estou feliz que tudo esteja esclarecido. Boa noite. – Contemplou-me por um momento e saiu pela porta interna.

Imediatamente, girei a chave na porta externa. Sentei-me novamente, e assim permaneci por algum tempo, numa espécie de estagnação mental, tão extenuado, no aspecto físico e psicológico, que não podia pensar em nada além do ponto em que ele me deixara. A janela preta me encarava como um olho. Finalmente, com algum esforço, apaguei a luz e deitei-me na rede. Sem tardar, adormeci.

Capítulo XV – Sobre o povo animal

Acordei cedo. A explicação de Moreau permaneceu em minha cabeça, clara e definida, desde o momento de meu despertar. Saí da rede e fui até a porta para certificar-me de que estava trancada. Tentei então a barra da janela, constatando que estava firmemente fixada. O fato de que aquelas criaturas de aspecto humano eram, na verdade, apenas monstros bestiais, meras paródias grotescas de homens, deixava-me repleto de uma vaga incerteza quanto ao que eram capazes de fazer, o que era muito pior do que um medo definido.

Alguém bateu à porta e ouvi a maneira arrastada de falar de M'ling. Enfiei um dos revólveres no bolso (deixando uma mão sobre ele) e abri a porta.

– Bom dia, senhor – ele disse, trazendo, além do costumeiro café da manhã de ervas, um coelho malcozido. Montgomery veio logo depois. Seus oscilantes olhos notaram a posição de meu braço e ele sorriu de viés.

Naquele dia, o puma descansava para se recuperar, mas Moreau, cujos hábitos eram singularmente solitários, não se juntou a nós. Conversei com Montgomery para clarear minhas ideias sobre como vivia o povo animal. Particularmente, eu estava ansioso para saber como aqueles monstros inumanos eram impedidos de atacar Moreau e Montgomery e de despedaçarem-se uns aos outros. Ele explicou-me que a relativa segurança de Moreau e dele mesmo se devia ao limitado alcance mental daqueles monstros. A despeito de sua avantajada inteligência e da tendência de seus instintos animais a serem despertados, eles tinham algumas ideias fixas implantadas por Moreau em suas mentes, o que refreava totalmente sua imaginação. Estavam realmente hipnotizados; foi-lhes dito que certas coisas eram impossíveis e que outras não deviam ser feitas, e tais proibições foram tecidas na textura de suas mentes para além de qualquer possibilidade de desobediência ou disputa.

Alguns assuntos, contudo, em que o velho instinto entrava em conflito com a conveniência de Moreau, estavam em condição menos estável. Uma série de proposições denominadas a Lei (eu já as ouvira ser recitadas) se digladiavam em suas mentes com os profundamente enraizados e sempre rebeldes anseios de sua natureza animal. Eles estavam, como constatei, sempre repetindo aquela Lei e sempre a infringindo. Tanto Montgomery quanto Moreau mostravam particular solicitude em mantê-los na ignorância do gosto do sangue; temiam as inevitáveis sugestões desse sabor. Montgomery me disse que a Lei, especialmente entre os homens-animais felinos, tornava-se estranhamente enfraquecida ao cair da noite; que, naquele momento, o animal se tornava mais forte; que o espírito de aventura brotava neles ao crepúsculo, quando ousavam coisas com as quais nunca pareciam sonhar durante o dia. Isso explicava que eu tivesse sido seguido pelo homem-leopardo na noite de minha chegada. Mas, durante aqueles primeiros dias de minha estada, eles violaram a Lei apenas furtivamente e após o anoitecer; à luz do dia, havia uma atmosfera geral de respeito por suas múltiplas proibições.

E aqui talvez eu possa expor alguns fatos gerais sobre a ilha e seu povo animal. Ela tinha contornos irregulares e jazia em mar aberto, abrangia uma área total de, suponho, dezenove ou vinte quilômetros quadrados.[36] Na origem era vulcânica, e se encontrava agora cercada, em três lados, de recifes de coral; algumas fumarolas ao norte e um manancial quente eram os únicos vestígios das forças que muito tempo atrás a haviam originado. De quando em quando, uma leve trepidação de terremoto se fazia sentir e, por vezes, a ascensão da espiral de fumaça era perturbada por sopros de vapor; mas isso era tudo. A população da ilha, como Montgomery me informara, reunia agora mais de sessenta daquelas estranhas criações da destreza de Moreau, sem contar as monstruosidades menores que viviam na vegetação rasteira e careciam de forma humana. No total, ele fizera cerca de cento e vinte criaturas, mas muitas haviam morrido e outras – como a deslizante Coisa sem pés da qual ele me falara – haviam tido um fim violento. Respondendo à minha pergunta, Montgomery disse que, na verdade, elas geravam filhotes, mas que eles geralmente morriam. Quando sobreviviam, Moreau os apanhava e lhes conferia a forma humana. Não havia evidência da hereditariedade de

36. Essa descrição corresponde, em todos os aspectos, à Ilha Noble – C.E.P. [Charles Edward Prendick].

suas características humanas adquiridas.[37] As fêmeas eram menos numerosas do que os machos e estavam expostas a muitas furtivas perseguições, a despeito da monogamia pregada pela Lei.

Ser-me-ia impossível descrever detalhadamente aquele povo animal; meus olhos não tiveram nenhum treino para detalhes e, infelizmente, sou incapaz de desenhar. O que era mais impactante, talvez, em sua aparência geral, era a desproporção entre as pernas daquelas criaturas e o comprimento de seus corpos; e, no entanto – tão relativa é nossa ideia de graciosidade –, meus olhos se acostumaram às suas formas e, no fim, eu até aderi à sua percepção de que minhas próprias coxas longas eram desgraciosas. Outro ponto era a projeção para a frente da cabeça e a desajeitada e inumana curvatura de sua espinha. Até mesmo o homem-macaco carecia dessa curva sinuosa das costas que torna a figura humana tão graciosa. A maioria tinha os ombros desajeitadamente curvados, e seus curtos antebraços debilmente pendentes em cada lado. Poucos eram conspicuamente peludos, pelo menos até o fim de minha estada na ilha.

A segunda deformidade mais óbvia estava em seus rostos, os quais eram quase todos prognatas,[38] malformados em torno das orelhas, dotados de largos e protuberantes narizes, cabelos muito densos ou muito hirsutos, e frequentemente com olhos estranhamente coloridos ou estranhamente posicionados. Nenhum deles podia propriamente rir, embora o homem-macaco fosse capaz de dar um risinho nervoso e sonoro. Com a exceção desses traços gerais, suas cabeças tinham pouco em comum; cada um preservava a qualidade de sua espécie particular: a marca humana distorcia mas não dissimulava o leopardo, o boi, a porca ou qualquer outro animal, ou animais, a partir do qual a criatura fora moldada. As vozes também variavam muito. As mãos eram sempre malformadas e, embora algumas me surpreendessem por sua inesperada aparência humana, quase todas eram deficientes quanto ao número de

37. Wells contesta aqui, por meio dessa alusão, a tese da transmissão de caracteres adquiridos sustentada pelo naturalista francês Lamarck (1744-1829), isto é, a ideia de que as alterações promovidas no corpo de um determinado organismo, como consequência do uso ou desuso dos órgãos, são transmitidas aos seus descendentes, engendrando alterações morfológicas no conjunto da população. (N. T.)
38. Aqueles cujo maxilar inferior é mais alongado, mais proeminente. (N. E.)

dedos, grosseiras em torno das unhas e desprovidas de qualquer sensibilidade táctil.

Os dois mais formidáveis homens-animais eram o meu homem-leopardo e a criatura feita de hiena e porco. Maiores do que eles eram as três criaturas bovinas que arrastaram o barco. Vinham, em seguida, o homem de pelugem prateada, que também era o Guardião da Lei, M'ling e uma criatura que se assemelhava a um sátiro, mistura de macaco e bode. Havia três homens suínos e uma mulher suína, uma criatura que mesclava égua e rinoceronte, e diversas outras fêmeas cujas fontes não pude identificar. Havia várias criaturas lupinas, um urso-touro e um homem-são-bernardo. Já descrevi o homem-macaco, e havia uma mulher velha e odiosa (e malcheirosa) feita de raposa e urso, a qual detestei desde o início. Era considerada uma apaixonada partidária da Lei. Entre as criaturas menores, havia alguns filhotes sardentos e minha pequena criatura rosada. Mas chega desse catálogo.

A princípio, eu estremecia de horror diante daqueles brutamontes, sentia que ainda eram brutos demais; mas, imperceptivelmente, habituei-me um pouco à ideia do que eles eram e, acima de tudo, deixei-me afetar pela atitude de Montgomery para com eles. Ele estivera por tanto tempo entre eles que passara a encará-los quase como seres humanos normais. Ele via seus dias em Londres como um glorioso e impossível passado. Apenas uma vez por ano, aproximadamente, ele viajava até Arica para negociar com o agente de Moreau, um mercador de animais da região. Ele dificilmente encontrava a parcela mais fina da humanidade naquele vilarejo costeiro de mestiços espanhóis. Dissera-me que os homens a bordo do navio lhe pareceram inicialmente tão estranhos quanto os homens-animais pareciam a mim – com pernas anormalmente longas, rostos achatados, testas proeminentes e uma atitude suspeita, perigosa e fria. Na verdade, ele não apreciava os homens: ele acreditava que seu coração se enternecera por mim porque salvara minha vida. Imaginei, naquele momento, que ele tinha uma secreta benevolência por alguns daqueles brutamontes metamorfoseados, uma viciosa simpatia por alguns de seus modos, a qual ele procurara inicialmente esconder de mim.

M'ling, o homem de rosto negro, criado de Montgomery, o primeiro do povo animal que eu encontrara, não vivia com os demais do outro lado da ilha, mas num pequeno canil na parte de trás do recinto. A criatura era pouco mais inteligente que o homem-macaco, mas muito mais dócil, e tinha a aparência mais humana entre todos os homens-animais; e Montgomery a treinara para preparar comida e para cumprir todas as tarefas domésticas triviais que eram requeridas. Ele era um complexo troféu da horrível destreza de Moreau – um urso mesclado a cão e boi – e uma de suas criaturas de feitura mais elaborada. Aquela Coisa tratava Montgomery com estranha ternura e devoção. Por vezes, ele a notava, a acariciava, dava-lhe nomes parcialmente escarnecedores e parcialmente jocosos e a fazia assim saltar de tanta alegria; por vezes, maltratava-a, especialmente depois de se embebedar com uísque, chutando-a, estapeando-a, atirando-lhe pedras ou fósforos acesos. Mas, quer ele a tratasse bem ou mal, a Coisa não amava nada mais do que estar ao seu lado.

Confesso que me habituei ao povo animal e que mil coisas que me tinham parecido não naturais e repulsivas rapidamente se tornaram naturais e ordinárias aos meus olhos. Suponho que tudo o que existe toma suas cores da tonalidade média daquilo que nos cerca. Montgomery e Moreau eram demasiadamente peculiares e únicos para que eu mantivesse minhas impressões gerais da humanidade bem definidas. Eu via uma das grosseiras criaturas bovinas, que haviam arrastado a lancha, caminhando pesadamente através da mata e me perguntava, tentando esforçadamente me lembrar, em que ela se distinguia de um camponês verdadeiramente humano arrastando-se para casa após um dia de trabalho mecânico; ou então eu deparava com o rosto vulpino e matreiro da mulher-raposa-urso, estranhamente humano em sua especulativa astúcia, e chegava a imaginar que a tinha conhecido anteriormente nas ruas de alguma cidade.

E, no entanto, de quando em quando, o animal emergia diante de mim para além de qualquer dúvida ou contestação. Um homem horrendo, um humano selvagem e corcunda segundo todas as aparências, agachado na abertura de uma das tocas, estendia seus braços e bocejava, exibindo, com apavorante instantaneidade, incisos com pontas laminadas e caninos em forma de sabres, agudos e brilhantes como facas. Ou, em algum caminho estreito, olhando com ousadia passageira nos olhos de alguma ligeira e enfaixada figura feminina, eu subitamente via (com espasmódica repulsa) que ela possuía pupilas fendidas, ou notava, ao olhar para baixo, a unha curvada com a qual ela retinha o informe invólucro que a cobria. É, aliás, uma coisa curiosa, e para a qual eu não seria capaz de oferecer explicação, que aquelas estranhas criaturas – isto é, as fêmeas – tivessem, nos primeiros dias de minha estada, uma instintiva percepção de seu repulsivo aspecto e ostentavam, consequentemente, uma consideração mais do que humana pela decência e pelo decoro da vestimenta extensiva.

Capítulo XVI – Quando o povo animal prova o sangue

Minha inexperiência como escritor me trai e me afasto do fio de minha história.

Após o café da manhã ao lado de Montgomery, ele me conduziu pela ilha para mostrar-me a fumarola e a fonte do manancial quente em cujas águas escaldantes eu esbarrara no dia anterior. Nós dois estávamos munidos de açoites e revólveres carregados. Enquanto atravessávamos uma floresta folhuda em nosso trajeto até o local, ouvimos um coelho guinchando. Paramos para escutar, mas não ouvimos mais nada; logo retomamos nosso caminho e o incidente desapareceu de nossas mentes. Montgomery chamou minha atenção para alguns pequenos animais rosados com longas patas traseiras que saltitavam pela mata rasteira. Contou-me que eram criaturas que Moreau inventara a partir dos filhotes do povo animal. Ele imaginara que elas serviriam de alimento, mas um hábito semelhante ao dos coelhos de devorar seus filhotes[39] frustrara sua intenção. Eu já encontrara algumas daquelas criaturas – uma vez durante minha fuga noturna do homem-leopardo e outra, no dia anterior, enquanto era perseguido por Moreau. Por acaso, uma delas, pulando para nos evitar, saltou no buraco causado pelo desenraizamento de uma árvore derrubada pelo vento; antes que ela pudesse desembaraçar-se, conseguimos apanhá-la. A Coisa cuspiu como um gato, arranhou e chutou vigorosamente com suas patas traseiras e tentou morder, porém seus dentes eram fracos demais para infligir mais do que um indolor beliscão. Pareceu-me uma criaturinha bastante bonita e, como Montgomery declarou que ela nunca destruía a grama cavando buracos e era muito limpa em seus hábitos, imaginei que ela poderia ser um conveniente substituto para o coelho comum de nossos parques.

39. Embora seja um animal muito manso, a coelha pode, em ocasiões excepcionais, motivada pela sede, por alimentação defeituosa, estresse ou medo, matar e devorar seus filhotes. (N. T.)

Também vimos, em nosso trajeto, o tronco de uma árvore descascado em longas tiras e com vincos profundos. Montgomery chamou minha atenção para aquilo.

– Não arranhar a casca das árvores, essa é a Lei – ele disse. – Alguns deles parecem realmente se importar com isso!

– Foi depois daquilo, acredito, que encontramos o sátiro e o homem-macaco. O sátiro era um vislumbre de uma lembrança clássica por parte de Moreau – sua face era ovina em sua expressão, como o mais rude tipo hebreu; sua voz, um ríspido balido, e suas extremidades inferiores, satânicas. Ele estava roendo a casca de um fruto quando cruzamos seu caminho. Ambas as criaturas saudaram Montgomery.

– Salve – disseram. – Outro com o açoite!

– Há agora um Terceiro com um Açoite – disse Montgomery. – Então, é melhor se comportarem!

– Ele não foi feito? – disse o homem-macaco. – Ele disse... ele disse que foi feito.

O homem-sátiro olhou curiosamente para mim e disse:

– O Terceiro com o Açoite, aquele que anda chorando para o mar, tem um rosto fino e branco.

– Ele tem um açoite fino e longo – disse Montgomery.

– Ontem, ele sangrou e chorou – disse o sátiro. – O senhor nunca sangra nem chora. O mestre não sangra nem chora.

– Mendigo ollendorffiano![40] – exclamou Montgomery. – Você vai sangrar e chorar se não tomar cuidado!

– Ele tem cinco dedos, é um homem-cinco como eu – disse o homem-macaco.

– Venha comigo – disse Montgomery agarrando meu braço; e eu o segui.

O sátiro e o homem-macaco ficaram a nos observar, trocando observações.

– Ele não diz nada – disse o sátiro. – Homens têm voz.

---

40. Referência ao gramático e professor de línguas alemão Heinrich Gottfried Ollendorff (1803-1865), que desenvolveu um notório método de aprendizado de línguas, mais baseado na prática do que no conhecimento teórico. Aludindo ao método de Ollendorff, cujos textos enfatizavam os benefícios da repetição, Montgomery zomba do discurso repetitivo do sátiro. (N. T.)

– Ontem ele me perguntou sobre coisas para comer – disse o homem-macaco. – Ele não sabia.

Falaram coisas inaudíveis; então, ouvi o sátiro rindo.

Foi no caminho de volta que deparamos com o coelho morto. O corpo vermelho da pequena e miserável criatura estava despedaçado, com os ossos de vários de seus membros visíveis e a espinha dorsal inegavelmente roída.

Diante disso, Montgomery parou.

– Meu Deus! – ele disse, detendo-se e apanhando algumas das vértebras rompidas para examiná-las mais de perto. – Meu Deus! – repetiu. – O que isso pode significar?

– Um dos seus carnívoros lembrou-se de seus antigos hábitos – eu disse após uma pausa. – Essa espinha foi atravessada por uma mordida.

Ele ficou observando com o rosto pálido e o lábio torto.

– Não gosto disso – disse lentamente.

– Vi algo do gênero – eu disse – no dia em que cheguei.

– Com mil diabos! O que foi que viu?

– Um coelho com a cabeça arrancada.

– No dia de sua chegada?

– No dia de minha chegada. Na vegetação atrás do recinto, quando saí à tarde. A cabeça havia sido completamente arrancada.

Deu um longo e baixo assobio.

– E, mais do que isso, tenho uma ideia de qual de seus brutamontes fez isso. É apenas uma suspeita, sabe? Antes de deparar com o coelho, vi um de seus monstros bebendo no riacho.

– Sugando sua bebida?

– Sim.

– "Não sugar sua bebida; essa é a Lei." Os brutos se importam muito com a Lei, não? Quando Moreau não está por perto!

– Foi o bruto que me perseguiu.

– É claro – disse Montgomery –; é sempre assim com os carnívoros. Depois de uma morte, eles bebem. É o gosto do sangue, entende... Como era o brutamontes? – perguntou. – O senhor o reconheceria? – Olhou ao nosso redor com as pernas afastadas sobre os restos do coelho morto, os olhos perambulando pelas sombras e pelas cortinas de folhagens, os lugares de espreita e as emboscadas da floresta que nos cercava. – O gosto do sangue – repetiu.

Tirou seu revólver, examinou os cartuchos com que estava carregado e o colocou de volta. Começou então a puxar seu lábio pendente.

– Acredito que poderia reconhecer o brutamontes – eu disse. – Eu o atordoei. Ele deve ter uma bela contusão em sua testa.

– Mas então teremos de provar que ele matou o coelho – disse Montgomery. – Eu queria nunca ter trazido essas coisas para cá.

Eu queria continuar meu caminho, mas ele permaneceu lá refletindo sobre o coelho estropiado, como se diante de um enigma. Daquela maneira, distanciei-me a tal ponto que não podia mais ver os restos do coelho.

– Venha! – eu disse.

Então, ele despertou e veio até mim.

– Veja – ele disse quase sussurrando –, eles deveriam ter uma ideia fixa contra comer qualquer coisa que corre sobre a terra. Se, por acidente, algum brutamontes tiver provado sangue... – Avançou por um momento em silêncio. – Pergunto-me o que poderia ter acontecido – ele disse a si mesmo. Então, após nova pausa: – Cometi uma tolice outro dia. Aquele meu criado... mostrei-lhe como esfolar e cozinhar um coelho. É estranho... eu o vi lambendo as mãos... Isso nunca me ocorreu.

Então, concluiu:

– Devemos pôr um fim nisso. Devo contar a Moreau.

Ele não conseguiu pensar em mais nada durante nossa jornada para casa.

Moreau considerou o assunto ainda mais seriamente do que Montgomery, e não preciso dizer que fui afetado pela evidente consternação de ambos.

– Precisamos fazer disso um exemplo – disse Moreau. – Não tenho dúvida em minha mente de que o homem-leopardo foi o culpado. Mas como poderemos prová-lo? Eu gostaria, Montgomery, que o senhor tivesse mantido seu gosto por carne sob controle e nos tivesse poupado dessas estimulantes novidades. Da maneira como as coisas estão, talvez já nos encontremos numa grande confusão.

– Fui um tolo idiota – reconheceu Montgomery. – Mas o mal já está feito; e o senhor disse que eu podia comer carne.

– Devemos cuidar disso imediatamente – disse Moreau. – Suponho que, se algo viesse a acontecer, M'ling saberia cuidar de si mesmo, não?

– Não tenho certeza quanto a M'ling – disse Montgomery. – Acredito que deveria conhecê-lo melhor.

À tarde, Moreau, Montgomery, eu e M'ling atravessamos a ilha até as cabanas no desfiladeiro. Nós três estávamos armados; M'ling carregava um pequeno machado que ele usava para cortar lenha, e algumas bobinas de arame. Moreau tinha um enorme chifre de boiadeiro pendurado sobre o ombro.

– O senhor verá uma reunião do povo animal – disse Montgomery. – É uma bela visão!

Moreau não disse uma só palavra durante o trajeto, mas havia uma impiedosa resolução na expressão de seu rosto marcado e pálido.

Atravessamos o desfiladeiro abaixo do qual fervia o córrego de água quente e seguimos o sinuoso caminho através dos canaviais até chegar a uma ampla área recoberta de uma grossa e poeirosa substância que eu acreditava ser enxofre. Acima da extensão de um rochedo recoberto de algas, o mar reluzia. Ao chegarmos a uma espécie de raso anfiteatro natural, nós quatro paramos. Então, Moreau soprou o chifre, quebrando a sonolenta quietude da tarde tropical. Ele devia ter pulmões fortes. O som penetrante elevou-se continuamente em meio aos seus próprios ecos, alcançando, finalmente, uma grande intensidade.

– Ah! – disse Moreau, deixando o instrumento curvado cair novamente ao seu lado.

Imediatamente, houve um estampido entre as canas amarelas e um som de vozes vindo da densa floresta verde que marcava o pântano pelo qual eu fugira no dia anterior. Então, em três ou quatro pontos no limite da área sulfurosa, apareceram as grotescas formas do povo animal avançando em nossa direção. Não pude conter um horror crescente ao percebê-los, um após o outro, emergindo das árvores ou dos juncos e andando tropegamente sobre a poeira escaldante. Mas Moreau e Montgomery mantiveram-se suficientemente calmos; e, forçosamente, permaneci ao seu lado.

O primeiro a chegar foi o sátiro, estranhamente irreal, projetando uma sombra e arremessando poeira com suas patas. Depois dele veio da mata um monstruoso grosseirão, uma mistura de cavalo e rinoceronte, mastigando um fio de palha enquanto se aproximava; apareceram então a mulher-porco e as duas mulheres-lobo; em seguida, a bruxa raposa-urso, com seus olhos vermelhos em seu rosto pontudo e ruborizado, e finalmente os outros, todos ansiosamente apressados. À medida que se aproximavam, começaram a agachar-se diante de Moreau e, sem se preocuparem uns com os outros, a cantar a última metade da litania da Lei:

– Dele é a mão que fere; dele é a mão que cura – e assim por diante.

Logo que se encontraram a uma distância de talvez trinta metros, pararam e, curvando-se sobre seus joelhos e cotovelos, puseram-se a atirar poeira branca sobre suas cabeças.

Procurem imaginar a cena se puderem! Nós três, homens com trajes azuis, com nosso criado de rosto disforme e escuro, em pé em meio a uma vasta extensão de poeira amarela iluminada pelo sol, sob um resplandecente céu azul, e rodeados por um círculo de monstruosidades agachadas gesticulando – algumas delas quase humanas em suas sutis expressões e gestos, algumas assemelhando-se a aleijados, algumas tão estranhamente deformadas que não se assemelhavam a nada, exceto aos habitantes de nossos sonhos mais sinistros; e, mais longe, numa direção, estavam os sinuosos contornos de um canavial e, na outra, o denso emaranhado de palmeiras, separando-nos do desfiladeiro com as cabanas. Ao norte, o nebuloso horizonte do Oceano Pacífico.

– Sessenta e dois, sessenta e três – contou Moreau. – Existem quatro outros além destes.

– Não vejo o homem-leopardo – eu disse.

Imediatamente, Moreau soprou novamente o grande chifre de boi, ao som do qual todo o povo animal se contorceu e se arrastou pelo pó. Então, emergindo do canavial, acorcovando-se perto do chão e tentando alcançar o círculo daqueles que, atrás de Moreau, atiravam pó em si mesmos, veio o homem-leopardo. O último do povo animal a chegar foi o pequeno homem-macaco. Os primeiros animais, com calor e extenuados por suas gesticulações, lhe lançaram olhares ressentidos.

– Parem com isso! – ordenou Moreau com sua voz firme e alta; e o povo animal se sentou, interrompendo sua adoração.

– Onde está o Guardião da Lei? – perguntou Moreau, e o monstro de pelugem cinzenta inclinou seu rosto até o pó.

– Diga as palavras! – comandou Moreau.

No mesmo momento, todos naquela assembleia, de joelhos, balançando-se de um lado para o outro e atirando o enxofre para o alto com as mãos – primeiro, um punhado com a mão direita, depois, outro com a mão esquerda –, começaram, mais uma vez, a entoar sua estranha litania. Quando chegaram ao trecho "Não comer carne nem peixe, essa é a Lei", Moreau ergueu sua longa e alva mão.

– Parem! – gritou. E o mais absoluto silêncio se abateu sobre todos.

Acredito que eles sabiam e temiam o que estava por vir. Olhei ao redor, para seus estranhos rostos. Quando vi sua posição retraída e o pavor furtivo em seus olhos cintilantes, fiquei pensando em como pude ter acreditado que eles eram homens.

– Essa Lei foi infringida! – disse Moreau.

– Ninguém escapa – disse a criatura sem rosto e de pelugem prateada. – Ninguém escapa – repetiu o ajoelhado círculo de homens-animais.

– Quem é o culpado? – gritou Moreau antes de olhar para os rostos à sua volta e estalar seu açoite. O hiena-porco pareceu-me abatido, assim como o homem-leopardo. Moreau parou, encarando essa última criatura, a qual rastejou em sua direção com a lembrança e o temor de infinitos tormentos.

– Quem é o culpado? – repetiu Moreau com voz trovejante.

– Mau é aquele que infringe a Lei – cantou o Guardião da Lei.

Moreau olhou nos olhos do homem-leopardo e pareceu arrastar a própria alma da criatura para fora de seu corpo.

– Quem infringe a Lei... – disse Moreau, desviando os olhos de sua vítima para nós (pareceu-me haver um toque de exultação em sua voz).

– Volta para a Casa da Dor – todos aclamaram – ... volta para a Casa da Dor, ó, mestre!

– Para a Casa da Dor... para a Casa da Dor – gracejou o homem-macaco como se a ideia lhe fosse agradável.

– Você ouve? – perguntou Moreau, voltando-se para o criminoso. – Meu amigo... ei!

O homem-leopardo, livre do olhar de Moreau, se erguera, e agora, com olhos inflamados e suas enormes presas felinas emergindo de seus lábios encrespados, saltava na direção de seu torturador. Estou convencido de que apenas a loucura resultante de um medo insuportável poderia ter instigado tal ataque. Todo o círculo de sessenta monstros pareceu erguer-se ao nosso redor. Saquei meu revólver. As duas figuras colidiram uma contra a outra. Vi Moreau cair para trás com o golpe do homem-leopardo. Gritos furiosos e uivos se espalharam ao nosso redor. Todos se moviam rapidamente. Por um momento, acreditei tratar-se de uma revolta geral. A furiosa face do homem-leopardo passou como um relâmpago pela minha, sendo seguida de perto por M'ling. Vi os olhos amarelados do hiena-porco resplandecendo com excitação, agindo como se tivesse a intenção de atacar-me. O sátiro também me olhou por sobre os ombros curvados do hiena-porco. Ouvi o estrondo da pistola de Moreau e vi o clarão rosado projetar-se através do tumulto. A multidão inteira pareceu girar na direção do brilho de fogo, e eu também me vi atraído pelo magnetismo do movimento. No instante seguinte, eu estava correndo, em meio a uma tumultuosa e ruidosa multidão, à caça do fugitivo homem-leopardo.

Isso é tudo o que posso relatar detalhadamente. Vi o homem-leopardo atingir Moreau e, então, tudo rodopiou ao meu redor até que me vi correndo a toda velocidade. M'ling estava à minha frente, seguindo de perto o fugitivo. Atrás, com as línguas pendendo para fora, corriam as mulheres-lobo, com passadas largas e velozes. O povo suíno vinha logo atrás, guinchando com excitação, ao lado dos dois homens-touro, envoltos em seus farrapos brancos. Por fim, vinha Moreau, acompanhado de um grupo de homens-animais, agora desprovido de seu grande chapéu de palha, com o revólver em sua mão e seus finos cabelos brancos agitando-se ao vento. O hiena-porco corria ao meu lado, seguindo meu ritmo e olhando-me furtivamente com seus olhos felinos, enquanto os demais vinham atrás de nós gritando e batendo os pés.

O homem-leopardo irrompia entre as longas canas, que se balançavam com sua passagem e atingiam o rosto de M'ling. Nós, na retaguarda, deparamos, ao alcançarmos a mata, com um caminho aberto. A perseguição prosseguiu pela floresta por, talvez, uns quatrocentos metros, e então mergulhou num denso matagal, o qual retardou excessivamente nossos movimentos, embora o atravessássemos em grupo – ramos chicoteando nossos rostos, viscosas trepadeiras enlaçando-nos sob o queixo ou agarrando-nos pelo tornozelo, plantas espinhosas enganchando e retalhando tecido e pele juntos.

– Ele atravessou este caminho a quatro patas – observou, ofegante, Moreau, agora logo à minha frente.

– Ninguém escapa – disse o lobo-urso, rindo na minha cara com a exultação da caçada. Voltamos a avançar entre rochas e vimos a presa à nossa frente, correndo ligeiramente a quatro patas e rosnando em nossa direção, por sobre o ombro. Diante daquilo, o povo lupino uivou com deleite. A Coisa ainda estava vestida e, a distância, seu rosto ainda parecia humano, mas a postura de seus quatro membros era felina, e a furtiva inclinação de seu ombro era distintamente a de um animal em fuga. A Coisa saltou por sobre alguns arbustos cobertos de espinhos e flores amarelas e se escondeu. M'ling estava a meio caminho entre nós e a presa.

A maioria de nós não conseguiu manter a velocidade inicial da perseguição, caindo num ritmo mais lento e regular. Ao atravessarmos o espaço aberto, percebi que os perseguidores, que antes formavam uma coluna, se repartiam agora numa linha. O hiena-porco ainda se mantinha perto de mim, observando-me enquanto corria, franzindo de vez em quando seu focinho com um riso ameaçador. Na extremidade dos rochedos, o homem-leopardo, percebendo que estava se dirigindo para o mesmo promontório sobre o qual me perseguira na noite de minha chegada, desviou-se para a vegetação rasteira, mas Montgomery notou sua manobra e novamente o cercou. Assim, ofegante, resvalando nas rochas, dilacerado por sarças e impedido por samambaias e juncos, eu ajudava a perseguir o homem-leopardo que infringira a Lei, enquanto o hiena-porco, rindo selvagemente, corria ao meu lado. Eu avançava cambaleante, com minha cabeça balançando e meu coração golpeando minhas costelas, quase morto de cansaço, e, no entanto, não ousando perder a caça de vista, para não me encontrar sozinho ao lado daquele horrível companheiro. Continuei a correr, trôpego, a despeito de meu infinito cansaço e do denso calor da tarde tropical.

Enfim, a fúria da caçada se atenuou. Encurralamos o miserável brutamontes num canto da ilha. Moreau, com o açoite em sua mão, liderava-nos numa linha irregular e, agora, caminhávamos lentamente, gritando um para o outro à medida que avançávamos e fechando o cerco em torno de nossa vítima. Essa última espreitava, silenciosa e invisível, dos arbustos através dos quais eu lhe escapara durante aquela perseguição noturna.

– Firme! – gritou Moreau. – Firme! – Enquanto isso, as extremidades da linha contornavam o emaranhado de arbustos para cercar o brutamontes.

– Atenção à investida! – gritou Montgomery de trás do matagal.

Eu me encontrava no aclive acima dos arbustos, Montgomery e Moreau se deslocavam ao longo da praia lá embaixo. Lentamente, avançamos através do emaranhado de galhos e folhas. A presa mantinha-se silenciosa.

– De volta à Casa da Dor, à Casa da Dor, à Casa da Dor! – gania o homem-macaco, a cerca de trinta metros à nossa direita.

Assim que ouvi aquelas palavras, perdoei o pobre miserável por todo o medo que me tinha inspirado. Ouvi os galhos estalar e os ramos balançar para o lado, antes das pesadas passadas do cavalo-rinoceronte à minha direita. Então, subitamente, através de um polígono de folhagens, na semiescuridão da luxuriante vegetação, vi a criatura que caçávamos. Detive-me. Ela estava encolhida no menor compasso possível, olhando-me, com seus luminosos olhos verdes, por sobre o ombro.

Isto pode parecer uma estranha contradição de minha parte – não posso explicar o fato –, mas ali, vendo a criatura numa atitude perfeitamente animal, com a luz cintilando em seus olhos e seu rosto imperfeitamente humano distorcido pelo terror, pude perceber novamente a realidade de sua humanidade. Num instante, outros de seus perseguidores a veriam e ela se encontraria dominada e capturada para ser novamente submetida às horríveis torturas do recinto. Abruptamente, saquei meu revólver, mirei entre seus olhos repletos de terror e atirei. Naquele mesmo instante, o hiena-porco viu a Coisa e lançou-se sobre ela com um ávido grito, afundando dentes sedentos em seu pescoço. Ao meu redor, as massas verdes de arbustos balançavam-se e estalavam com o povo animal afluindo em conjunto. Um rosto emergia, logo seguido de outro, e assim sucessivamente.

– Não mate a Coisa, Prendick! – gritou Moreau. – Não a mate! – e eu o vi acorcovar-se enquanto passava sob as folhas das gigantes samambaias.

No instante seguinte, ele repeliu o hiena-porco com o manuseio de seu açoite e ele e Montgomery mantiveram os homens-animais carnívoros, e particularmente M'ling, afastados do corpo ainda trêmulo. A Coisa de pelugem cinzenta veio farejar o corpo sob o meu braço. Os demais animais, em seu ardor selvagem, empurraram-me para ver a cena mais de perto.

– Vá para o diabo, Prendick! – exclamou Moreau. – Eu o queria.

– Sinto muito – eu disse, embora não sentisse. – Foi o impulso do momento. – Eu me sentia enjoado em razão do esforço e da excitação. Virei-me e afastei-me do agrupamento do povo animal e subi sozinho a ladeira rumo à parte mais alta do promontório. Seguindo as diretrizes gritadas por Moreau, ouvi os três homens-touro enfaixados de branco começar a arrastar a vítima na direção da água.

Era-me fácil agora permanecer sozinho. O povo animal manifestou uma curiosidade bastante humana pelo cadáver e o seguiu num grupo compacto, farejando-o e grunhindo enquanto os homens-touro o arrastavam pela praia. Encaminhei-me para o promontório e observei os homens-touro, silhuetas pretas contra o céu vespertino, enquanto carregavam o pesado cadáver até o mar; e, tal qual uma onda inundando a minha mente, veio a constatação da indizível ausência de propósito das coisas na ilha. Sobre a praia, entre as rochas abaixo de mim, estavam o homem-macaco, o hiena-porco e vários outros homens-animais posicionados em volta de Montgomery e Moreau. Estavam todos ainda intensamente excitados, transbordando ruidosas expressões de lealdade à Lei; não obstante, tive a convicção de que o hiena-porco estava implicado na morte do coelho. Fui tomado pela estranha percepção de que, apesar da grosseria dos contornos e da aparência grotesca das formas, eu tinha diante de mim todo o equilíbrio da vida humana em miniatura, uma comunhão entre instinto, razão e fatalidade em sua forma mais simples. O homem-leopardo falhara: essa era toda a diferença. Pobre-diabo!

Pobres-diabos! Comecei a perceber o aspecto mais vil da crueldade de Moreau. Eu ainda não pensara na dor e na perturbação a que aquelas pobres vítimas se viam sujeitas depois de passarem pelas mãos de Moreau. Eu estremecera apenas com os dias de verdadeiro tormento no recinto. Mas, agora, aqueles me pareciam a parte menos importante. Antes, eles haviam sido animais, com instintos perfeitamente adaptados ao seu meio e tão felizes como seres vivos podem ser. Agora, tropeçavam nas correntes da humanidade, viviam num medo que nunca se dissipava, aflitos por uma lei que não podiam entender; sua paródia de existência humana, iniciada em agonia, era uma longa batalha interna, sob a ameaça de Moreau... e para quê? Era o caráter deliberado da coisa que me perturbava.

Tivesse Moreau qualquer objetivo inteligível, eu poderia, ao menos, solidarizar-me um pouco com ele. Não sou tão enjoadiço assim em relação à dor. Eu até mesmo poderia tê-lo perdoado um pouco caso seu motivo tivesse sido apenas o ódio. Mas ele era tão irresponsável, tão absolutamente imprudente! Sua curiosidade, suas investigações insanas e sem propósito o moviam; e as Coisas eram largadas para viver por cerca de um ano, para lutar, cometer erros, sofrer e finalmente morrer dolorosamente. Eram deploráveis em si mesmas; o velho ódio animal as conduzia a perturbarem-se umas às outras; a Lei as impedia de entregar-se a uma breve e ardente luta e a um fim decisivo às suas animosidades naturais.

Nos dias seguintes, meu medo do povo animal teve a mesma sorte que o medo que eu nutria por Moreau. Caí, com efeito, num estado mórbido, profundo, duradouro e distante do temor, o qual deixou cicatrizes permanentes em minha mente. Devo confessar que perdi a fé na sanidade do mundo quando o vi sofrendo a dolorosa desordem daquela ilha. Um destino cego, um vasto e impiedoso mecanismo parecia recortar e moldar o tecido da existência, e eu, Moreau (por sua paixão pela pesquisa), Montgomery (por sua paixão pela bebida), o povo animal, com seus instintos e restrições mentais, nos encontrávamos dilacerados e esmagados, implacável e inevitavelmente, na infinita complexidade de suas incessantes engrenagens. Tal condição, porém, não veio de uma vez só: acredito, na verdade, estar me antecipando ao falar dela agora.

Capítulo XVII – Uma catástrofe

Seis semanas, quando muito, se passaram até que não me restasse qualquer sentimento além de desgosto e horror pelo infame experimento de Moreau. Minha única ideia era fugir daquelas horríveis criaturas feitas à imagem do Criador, para reencontrar o doce e salutar convívio dos homens. Meus semelhantes, de quem eu me encontrava então separado, começavam a adquirir, em minha memória, virtudes e beleza idílicas. Minha amizade inicial com Montgomery não prosperou. Sua longa separação da humanidade, seu vício secreto do alcoolismo e sua evidente simpatia pelos homens-animais o maculavam aos meus olhos. Por diversas vezes, deixei-o ir sozinho ao encontro deles. Eu evitava o convívio com eles de todas as maneiras possíveis. Passei uma parcela cada vez maior de meu tempo na praia, procurando alguma vela libertadora que jamais apareceu – até que um dia se abateu sobre nós um aterrador desastre, o qual conferiu ao estranho meio em que eu me encontrava um aspecto absolutamente diferente.

Foi sete ou oito semanas depois de minha chegada – provavelmente mais, acredito, embora não tivesse tomado o cuidado de contar o tempo – que tal catástrofe se produziu. Ela ocorreu de manhã cedo – eu diria por volta das seis horas. Eu me levantara e tomara meu café, tendo sido despertado pelo ruído de três homens-animais carregando lenha para dentro do recinto.

Após o café da manhã, fui até o portão aberto e lá permaneci, fumando um cigarro e apreciando o frescor da manhã. Moreau emergiu então de trás de um dos cantos da cabana e cumprimentou-me. Passou por mim e o ouvi, atrás de mim, destravar a porta e entrar em seu laboratório. Naquele momento, eu estava tão endurecido com a abominação do lugar que foi sem nenhuma emoção que ouvi o puma ser submetido a mais um dia de tortura. A Coisa recebeu seu perseguidor com um guincho, quase exatamente como o de um virago furioso.

Então, algo aconteceu – até hoje, não sei o quê. Atrás de mim, ouvi um grito curto e agudo, seguido de uma queda; ao virar-me, vi uma horrível face precipitando-se em minha direção – nem humana nem animal, mas infernal, sombria, permeada de cicatrizes vermelhas e ramificadas, das quais escorriam gotas rubras, e dotada de flamejantes olhos sem pálpebras. Ergui meu braço para defender-me do golpe, o qual, ao derrubar-me, rendeu-me um antebraço quebrado; e o grande monstro, envolto em curativos e com bandagens manchadas de vermelho pendendo ao seu redor, pulou por sobre mim e fugiu. Rolei continuamente pela praia, tentei sentar-me e caí sobre meu braço fraturado. Então, Moreau apareceu, seu imenso rosto branco ainda mais horrível em razão do sangue que escorria de sua testa. Carregava um revólver em uma das mãos. Mal olhou para mim enquanto se lançava atrás do puma.

Tentei me apoiar no outro braço e me sentei. A criatura enfaixada corria à frente dando grandes saltos pela praia, com Moreau em seu encalço. Ela virou a cabeça e o viu; então, desviou-se abruptamente para os arbustos. Distanciava-se dele a cada passada. Eu a vi mergulhar na mata, e Moreau, correndo obliquamente para interceptá-la, atirou e errou o alvo enquanto ela desaparecia. Em seguida, ele também sumiu na verdejante confusão. Fiquei a observá-los; então, a dor em meu braço latejou e, com um grunhido, pus-me em pé. Montgomery apareceu na entrada já vestido e com o revólver em sua mão.

– Por Deus, Prendick! – exclamou, sem notar que eu estava ferido. – Aquela fera está solta! Arrancou os grilhões da parede! O senhor os viu? – Então, de repente, vendo que eu segurava meu braço: – Qual é o problema?

– Eu estava parado na entrada – respondi.

Aproximou-se e pegou meu braço.

– Há sangue na manga – constatou, rolando a flanela para trás. Colocou sua arma no bolso, examinou meu braço dolorido e conduziu-me para dentro. – Seu braço está fraturado – ele disse. – Diga-me exatamente como aconteceu... O que aconteceu?

Eu lhe disse o que tinha visto; relatei-o por meio de frases fragmentadas, intercaladas com arfadas de dor, enquanto ele, muito hábil e ligeiramente, enfaixava meu braço. Pendurou-o numa tipoia, deu um passo para trás e me contemplou.

– Isso deve bastar – sentenciou. – E agora?

Refletiu. Em seguida, foi para fora e trancou os portões do recinto. Ausentou-se por algum tempo.

Eu estava profundamente preocupado com meu braço. O incidente parecia, aos meus olhos, apenas uma entre muitas coisas horríveis. Sentei-me na espreguiçadeira e, devo admitir, amaldiçoei ferozmente a ilha. Quando Montgomery reapareceu, a primeira vaga sensação de lesão em meu braço já dera lugar a uma dor ardente. Seu rosto, bastante pálido, exibia, mais do que de costume, sua gengiva inferior.

– Não consigo ver nem ouvir nenhum sinal dele – ele disse. – Pode ser que talvez esteja precisando de minha ajuda – encarou-me com seus inexpressivos olhos. – Aquela criatura é extremamente forte – observou. – Simplesmente arrancou seus grilhões da parede. – Foi até a janela, em seguida até a porta, e então voltou-se para mim. – Devo ir atrás dele – disse. – Há outro revólver que posso deixar com o senhor. Para dizer a verdade, sinto certa ansiedade.

Foi buscar a arma e colocou-a perto de minha mão, sobre a mesa; em seguida saiu, deixando uma contagiante inquietude no ar. Não permaneci sentado por muito tempo após sua partida e, com o revólver em minha mão, dirigi-me até a entrada.

Aquela manhã estava tão quieta quanto a morte. Nenhum sussurro de vento perturbava o silêncio; o mar se assemelhava a vidro polido, o céu estava límpido, a praia, desolada. Em meu estado parcialmente excitado e parcialmente febril, a quietude das coisas me oprimia. Tentei assobiar, mas o som logo se dissipou. Tornei a amaldiçoar o lugar – pela segunda vez, naquela manhã. Então, fui até a janela e observei o bosque verde que engolira Moreau e Montgomery. Quando retornariam? E como? Longe sobre a praia, um pequeno e cinzento homem-animal apareceu, correu até o mar e começou a patinhar. Retornei à entrada e, depois, novamente à janela. E, assim, comecei a andar de um lado para o outro qual uma sentinela em serviço. Até que fui detido pela distante voz de Montgomery gritando:

– Ei... Moreau!

Meu braço estava menos dolorido, mas ardia muito. Senti-me febril e sedento. Minha sombra se encolhia. Observei a distante figura até que novamente desaparecesse. Será que Moreau e Montgomery jamais retornariam? Três gaivotas começaram a digladiar-se por algum tesouro encalhado.

Então, de trás do recinto veio o distante som de um tiro de pistola. Um longo silêncio e então outro tiro. Em seguida, um grito agudo mais próximo e outro assombroso silêncio. Minha desafortunada imaginação começou a atormentar-me. De repente, ouvi outro tiro nas redondezas. Fui até a janela e estremeci ao ver Montgomery – com o rosto avermelhado, o cabelo desordenado e as calças rasgadas na altura do joelho. Seu rosto expressava uma profunda consternação. Era desleixadamente seguido do homem-animal M'ling, em cujas mandíbulas havia estranhas manchas escuras.

– Ele retornou? – perguntou Montgomery.

– Moreau? – eu disse. – Não.

– Meu Deus! – o homem estava ofegante e quase soluçava. – Volte para dentro – ele disse, agarrando meu braço. – Estão enlouquecidos. Estão correndo desvairadamente por toda parte. O que pode ter acontecido? Não sei. Eu lhe contarei tudo quando recuperar meu fôlego. Onde está o conhaque?

Montgomery coxeou à minha frente até o quarto e sentou-se na espreguiçadeira. M'ling deixou-se cair no chão, do lado de fora da entrada, e começou a ofegar como um cão. Eu ofereci um pouco de conhaque com água a Montgomery. Ele ficou sentado, encarando o vazio, recuperando o fôlego. Após alguns minutos, começou a relatar-me o que acontecera.

Ele seguira os rastros por algum tempo. De início, a tarefa se revelara simples, em razão dos arbustos derrubados e dos galhos quebrados, dos farrapos brancos arrancados das bandagens do puma e das manchas de sangue ocasionais nas folhas dos arbustos e na grama. Ele acabou, porém, perdendo o rastro no solo rochoso além do riacho no qual eu vira o homem-animal bebendo. Vagueou sem direção a oeste, gritando o nome de Moreau. Então, M'ling veio encontrá-lo, munido de um pequeno machado. M'ling não sabia nada do caso do puma; estava cortando lenha quando o ouviu gritar. Passaram a gritar juntos. Dois homens-animais vieram espreitá-los através da mata, agachados, com gestos furtivos, uma atitude que, por sua estranheza, alarmou Montgomery. Ele os saudou, e eles fugiram com ares de culpa. Depois disso, ele parou de gritar e, após andar a esmo por algum tempo, decidiu visitar as cabanas.

Encontrou o desfiladeiro deserto.

Vendo-se cada vez mais alarmado à medida que passavam os minutos, decidiu retornar por onde viera. Foi então que encontrou os dois homens-porco que eu vira dançando na noite de minha chegada; tinham manchas de sangue em volta da boca e estavam intensamente excitados. Vieram derrubando tudo por entre as samambaias e, ao vê-lo, detiveram-se com um ar ameaçador. Montgomery estalou seu açoite com alguma trepidação e as criaturas se lançaram sobre ele. Nunca dantes um homem-animal ousara fazer isso. Ele atirou na cabeça de um; M'ling lançou-se sobre o outro e os dois rolaram agarrados. M'ling conseguiu dominar seu oponente e cravou seus dentes em sua garganta; Montgomery também atirou na criatura enquanto ela tentava se desvencilhar de M'ling. Ele encontrou alguma dificuldade em convencer M'ling a acompanhá-lo. Em seguida, os dois vieram apressadamente ao meu encontro. No caminho, M'ling, de forma repentina, se enfiara num matagal, do qual afugentou um pequeno homem-ocelote, também manchado de sangue, e aleijado por uma ferida no pé. Aquele bruto correra por algum tempo antes de desviar-se de modo selvagem em direção à baía, e Montgomery – com certo estouvamento, acredito – atirara nele.

– O que tudo isso significa? – perguntei.

Ele balançou a cabeça e voltou-se novamente para o conhaque.

Capítulo XVIII – Encontrando Moreau

Quando vi Montgomery virar uma terceira dose de conhaque, decidi intervir. Ele já estava bastante embriagado. Disse-lhe que, àquela altura, algo sério devia ter acontecido a Moreau, ou ele já teria retornado, e cabia a nós desvendar em que consistia tal catástrofe. Montgomery opôs algumas frágeis objeções, mas, no fim, assentiu. Comemos um pouco e, então, nós três partimos.

Isso se deve possivelmente à tensão em minha mente naquele momento, mas, mesmo agora, aquela saída na ardente quietude da tarde tropical constitui uma impressão singularmente vívida. M'ling saiu na frente com os ombros curvados, seu estranho rosto negro movendo-se com rápidos sobressaltos à medida que olhava para um lado e outro do caminho. Ele estava desarmado; largara seu machado quando encontrara o homem-porco. Seus dentes eram suas armas quando se tratava de lutar. Montgomery seguia logo atrás, com passos trôpegos, as mãos nos bolsos e o rosto inclinado para baixo; estava aborrecido comigo, em razão do conhaque. Eu tinha o braço esquerdo apoiado numa tipoia (por sorte, era o esquerdo), e, com o direito, segurava meu revólver. Logo percorremos um caminho estreito em meio à selvagem exuberância da ilha, rumando para o norte; então, M'ling parou e enrijeceu-se em estado de alerta. Montgomery quase esbarrou nele antes de, por sua vez, parar também. Então, escutando atentamente, ouvimos, avançando por entre as árvores, o som de vozes e passos se aproximando de nós.

– Ele está morto – disse uma voz grave e vibrante.

– Ele não está morto; ele não está morto – balbuciou outra.

– Nós vimos, nós vimos – disseram várias vozes.

– Ei! – gritou subitamente Montgomery. – Ei, quem está aí?

– Malditos! – exclamei enquanto agarrava minha pistola.

Houve silêncio e, então, um estalo no emaranhado da vegetação, primeiro num lugar, depois noutro; em seguida, uma meia dúzia de rostos emergiu – rostos estranhos, iluminados por uma luz estranha. M'ling emitiu uma espécie de rosnado gutural. Reconheci o homem-macaco – na verdade, eu já identificara sua voz – e duas das criaturas enfaixadas e de traços sombrios que eu vira no barco de Montgomery. Ao lado deles três estavam dois brutamontes malhados e aquela criatura cinzenta e horrivelmente deformada que dizia a Lei, com uma pelugem cinza descendo pelas bochechas, grossas sobrancelhas e cachos acinzentados distribuindo-se a partir de uma divisão centralizada em cima de sua testa inclinada – uma Coisa perturbadora e sem rosto, com estranhos olhos vermelhos, encarando-nos com curiosidade em meio à vegetação.

Por algum tempo, ninguém falou. Então, Montgomery gaguejou:

– Quem... disse que ele está morto?

O homem-macaco olhou com ares de culpa para a Coisa de pelugem cinzenta.

– Ele está morto – disse este monstro. – Eles viram.

Não havia nada de ameaçador na atitude deles, em nenhum aspecto. Eles pareciam apavorados e perplexos.

– Onde está ele? – perguntou Montgomery.

– Lá – disse a criatura cinzenta, apontando o dedo.

– Ainda existe Lei? – perguntou o homem-macaco. – Ainda é preciso ser isso e aquilo? Ele está morto mesmo?

– Existe Lei? – repetiu o homem de branco. – Existe Lei, ó, outro com o açoite?

– Ele está morto – disse a Coisa de pelugem cinzenta. E todos ficaram a nos observar.

– Prendick – ele disse, dirigindo seus olhos insípidos para mim. – Claramente, ele está morto.

Eu me mantivera atrás dele durante aquele colóquio. Comecei a compreender em que pé as coisas estavam entre eles. Neste momento, coloquei-me à frente de Montgomery e elevei o tom de minha voz:

– Filhos da Lei – eu disse –, ele não está morto! – M'ling voltou seus penetrantes olhos para mim. – Ele alterou sua forma; mudou de corpo – continuei. – Por um tempo, vocês não o verão. Ele está... ali – eu disse, apontando para cima –, de onde pode observá-los. Vocês não podem vê-lo, mas ele os pode ver. Temam a Lei!

Olhei diretamente em seus olhos. Eles se encolheram.

– Ele é poderoso, ele é bom – disse apavorado o homem-macaco, olhando para cima, por entre o denso arvoredo.

– E a outra Coisa? – perguntei.

– A Coisa que sangrou e correu gritando e chorando... aquilo morreu também – disse a Coisa cinzenta, ainda me olhando.

– Isso é bom – grunhiu Montgomery.

– O outro com o açoite... – disse a Coisa cinzenta.

– Sim? – eu disse.

– Disse que ele estava morto.

Contudo Montgomery ainda estava suficientemente sóbrio para entender meu motivo de negar a morte de Moreau.

– Ele não está morto – ele disse lentamente –, nem um pouco morto. Não está mais morto do que eu.

– Alguns – eu disse – infringiram a Lei: eles morrerão. Alguns morreram. Mostrem-nos agora onde jaz seu velho corpo... o corpo que ele rejeitou porque não tinha mais necessidade dele.

– É por aqui, homem que caminhou no mar – disse a Coisa cinzenta.

Então, guiados por aquelas seis criaturas, avançamos a noroeste em meio ao emaranhado de samambaias, trepadeiras e dos troncos de árvores. De repente, ouviu-se um grito, um estalo entre os galhos, e um pequeno homúnculo rosa passou rapidamente por nós, guinchando. Logo atrás, vinha perseguindo-o impetuosamente um monstro encharcado de sangue, o qual esbarrou em nós antes de poder deter sua trajetória. A Coisa cinzenta saltou para o lado. M'ling, com um rosnado, lançou-se sobre o monstro e foi arremessado ao ar. Montgomery atirou e errou; abaixou a cabeça, lançou seu braço para cima e começou a correr. Atirei, e a Coisa continuou se aproximando; atirei novamente, à queima-roupa, em sua horrenda face. Vi seus traços desaparecerem num clarão: seu rosto foi atingido. Não obstante, a Coisa passou por mim, agarrou Montgomery e, segurando-o, caiu ao seu lado, derrubando-o sobre si mesma em sua agonia de morte.

Encontrei-me sozinho com M'ling, a fera morta e o homem prostrado. Montgomery levantou-se lentamente e olhou, de maneira confusa, para o destroçado homem-animal ao seu lado. Aquilo bastou para deixá-lo sóbrio. Ficou em pé. Então, vi a Coisa cinzenta retornar cautelosamente em direção às árvores.

– Veja – eu disse, apontando para a fera morta –, a Lei não está viva? Isso aconteceu porque ele violou a Lei.

A Coisa olhou firmemente para o cadáver.

– Ele envia o fogo que mata – ela disse, com sua voz grave, repetindo parte do ritual.

Os outros se juntaram à sua volta e ficaram olhando por algum tempo.

Enfim, aproximamo-nos da extremidade ocidental da ilha. Deparamos com o corpo roído e mutilado do puma, sua omoplata estilhaçada por uma bala; e, talvez vinte metros adiante, finalmente encontramos o que procurávamos. Moreau jazia com o rosto para baixo num espaço aberto em meio a um canavial. Uma mão estava quase rompida na altura do pulso e seu cabelo prateado encontrava-se ensanguentado. Sua cabeça tinha sido esmagada pelos grilhões do puma. As canas quebradas debaixo dele estavam manchadas de sangue. Não conseguimos encontrar seu revólver. Montgomery o virou. Fazendo intervalos para descansar, e com a ajuda de sete outros homens-animais (pois era um homem pesado), carregamos Moreau de volta ao recinto. A noite se fazia mais escura. Por duas vezes, ouvimos, sem vê-las, criaturas passar uivando e guinchando por nosso pequeno bando, e em dado momento a pequena criatura rosada apareceu e nos encarou, tornando então a desaparecer. Não fomos, porém, atacados novamente. Diante dos portões do recinto, nossa animalesca companhia nos deixou, acompanhada de M'ling. Trancamo-nos do lado de dentro e levamos o corpo mutilado de Moreau para o pátio, deixando-o sobre uma pilha de lenha. Em seguida, fomos ao laboratório e demos um fim a todos os seres vivos que lá encontramos.

Capítulo XIX – O "feriado"[41] de Montgomery

Depois de termos concluído a tarefa, e termos tomado banho e jantado, Montgomery e eu fomos até meu pequeno quarto e, pela primeira vez, discutimos seriamente nossa situação. Era aproximadamente meia-noite. Ele estava quase sóbrio, mas com a mente muito perturbada. Estivera estranhamente sob a influência da personalidade de Moreau: não acredito que lhe tivesse ocorrido que Moreau pudesse morrer. Aquele desastre representava o súbito colapso dos hábitos que se tinham tornado parte de sua natureza nos dez ou mais monótonos anos que passara na ilha. Ele falava vagarosamente, respondia intercaladamente a minhas perguntas e divagava em questões gerais.

– Este mundo idiota – ele disse –; que grande bagunça tudo isso é! Não tive vida alguma. Fico imaginando quando ela começará. Durante dezesseis anos intimidado por enfermeiras e diretores de escola, à mercê de sua própria e doce vontade; cinco em Londres sofrendo com os estudos de medicina, comida ruim, acomodações miseráveis, roupas miseráveis, um vício miserável, um erro grosseiro – do qual eu não fazia ideia – e eis que sou despachado para esta ilha bestial. Dez anos aqui! E para quê, Prendick? Seríamos nós como bolhas de sabão sopradas por uma criança?

Era duro lidar com tais desvarios.

– O que devemos fazer agora – eu disse – é pensar em como sair desta ilha.

– Para que ir embora? Sou um rejeitado. Para onde eu iria? No seu caso, Prendick, tudo está muito bem. Pobre e velho Moreau! Não o podemos deixar aqui para que seus ossos roam. Do jeito que está... E, além disso, o que acontecerá com a parte dócil do povo animal?

– Bem – respondi –, cuidaremos disso amanhã. Pensei em fazer uma pira com toda aquela lenha e queimar seu corpo... e aquelas outras coisas. O que acontecerá depois com o povo animal?

---

41. No original, *bank holiday*, isto é, um feriado oficial durante o qual os bancos e a maioria dos estabelecimentos comerciais fecham suas portas. (N. T.)

– Não sei – respondeu. – Suponho que aqueles que foram feitos a partir de animais de rapina acabarão, mais cedo ou mais tarde, agindo estupidamente. Não podemos massacrar todos... podemos? Será que é isso que nossa humanidade sugeriria? Mas eles se transformarão. Com certeza, eles se transformarão.

Falou, assim, de maneira inconclusiva, até que, finalmente, senti meu humor alterar-se.

– Maldição! – exclamou, diante de alguma petulância de minha parte. – O senhor não vê que estou num buraco mais fundo que o seu? – então, levantou-se e dirigiu-se até o conhaque. – Beba – ele disse ao retornar –, seu santinho ateu questionador e branquelo! Beba!

– Eu não – respondi, antes de me sentar soturnamente, observando seu rosto sob a claridade amarela da chama da parafina, enquanto ele caía, sob o efeito da bebida, num abatimento loquaz.

Lembro-me de sentir um tédio infinito. Ele se aventurou numa defesa piegas do povo animal e de M'ling. Esse último, ele disse, era a única criatura que realmente se importara com ele. Naquele momento, veio-lhe uma ideia.

– Que o diabo me carregue! – exclamou, levantando-se cambaleante e agarrando a garrafa de conhaque.

Por uma fagulha de intuição, eu sabia qual era sua intenção.

– Não dê bebida àquela besta! – gritei, levantando-me e enfrentando-o.

– Besta! – ele disse. – O senhor é a besta. Ele toma sua bebida como um bom cristão. Saia da frente, Prendick!

– Pelo amor de Deus! – eu disse.

– Saia... da frente! – ele rugiu, antes de sacar seu revólver.

– Muito bem – eu disse, abrindo o caminho, parcialmente decidido a atirar-me sobre ele quando pusesse a mão sobre a tranca, mas impedido pela lembrança de meu braço inutilizado. – O senhor se tornou mesmo uma besta... vá se juntar às outras.

Ele abriu a porta e ficou a encarar-me entre a luz amarela da luminária e o pálido fulgor da lua; suas órbitas eram remendos negros sob suas sobrancelhas cerradas.

– O senhor é um porco afetado, Prendick, um tolo idiota! O senhor está sempre temendo e fantasiando. Estamos no limite das coisas. Estou decidido a cortar minha garganta amanhã. Terei um maldito feriado hoje à noite. – Virou-se e avançou rumo ao luar. – M'ling – gritou. – M'ling, velho amigo!

Sob a luz prateada, três formas incertas emergiram na extremidade da praia pálida – uma era uma criatura enfaixada de branco; as duas outras, remendos negros que a seguiam. Elas se detiveram, olhando atentamente. Então vi os ombros curvados de M'ling surgindo da lateral da casa.

– Bebam! – gritou Montgomery. – Bebam, seus brutos! Bebam e sejam homens! Maldição, eu sou o mais esperto. Moreau se esqueceu disso; este é seu toque final. Bebam, eu ordeno! – e, erguendo a garrafa em sua mão, ele iniciou uma espécie de rápido trote rumo a oeste, com M'ling posicionado entre ele e as três incertas criaturas que vinham atrás.

Fui até a entrada. Eles já eram pontos indistintos no nevoeiro do luar quando Montgomery parou. Vi-o administrar uma dose de conhaque puro a M'ling e vi as cinco figuras fundirem-se num único remendo.

– Cantem – ouvi Montgomery gritar –, cantem todos juntos: "Maldito seja Prendick". Isso mesmo; agora, de novo: "Maldito seja Prendick!".

O sombrio grupo se dividiu em cinco figuras separadas e se distanciou lentamente de mim pela faixa de praia cintilante. Cada um uivando de acordo com sua própria e doce vontade, berrando insultos a mim ou dando qualquer outra expressão àquela nova inspiração de conhaque. Ouvi então a voz de Montgomery gritar "Direita, volver!" –, e todos adentraram, com seus gritos e uivos, a escuridão da floresta. Lentamente, muito lentamente, retiraram-se em silêncio.

O esplendor pacífico da noite se restabeleceu. A lua passara agora o meridiano e dirigia-se a oeste. Estava cheia e muito brilhante, errando pelo límpido céu azul. A sombra do muro, de um metro de largura e da mais profunda negridão, jazia aos meus pés. A oeste, o mar era de um cinza uniforme, sombrio e misterioso; e, entre o mar e a sombra, a areia cinzenta (formada por cristais vulcânicos) cintilava e brilhava como uma praia de diamantes. Atrás de mim, a lâmpada de parafina chamejava, quente e avermelhada.

Então, fechei a porta, tranquei-a e dirigi-me ao lugar do recinto em que Moreau jazia, ao lado de suas últimas vítimas – os cães de caça e a lhama e alguns outros brutos miseráveis – com seu rosto massivo e calmo, mesmo após sua terrível morte, e com seus olhos duros abertos, encarando a insípida luz branca acima dele. Sentei-me sobre a borda da pia e, com os olhos voltados para aquela sinistra pilha de luz prateada e sombras ameaçadoras, comecei a repassar meus planos. Pela manhã, eu reuniria provisões no bote e, depois de atear fogo na pira diante de mim, eu me lançaria, mais uma vez, na desolação do alto-mar. Eu sentia que não havia mais como ajudar Montgomery; e que, na verdade, ele já se tornara parcialmente aparentado àquele povo animal e, portanto, inadequado ao convívio humano.

Não sei por quanto tempo permaneci lá sentado, planejando. Deve ter se passado cerca de uma hora. Meu planejamento foi interrompido pelo retorno de Montgomery à vizinhança. Ouvi muitas gargantas berrando, um tumulto de exultantes gritos descendo em direção à praia, bradando e uivando, e excitados guinchos que pareciam cessar perto do limite da água. O tumulto cresceu e desapareceu; ouvi pesados estrondos e um ruído de madeira sendo partida, mas aquilo não me perturbou. Um canto dissonante teve início.

Meus pensamentos se voltaram novamente para os meios de minha fuga. Levantei-me, trazendo a lanterna comigo, e fui até um celeiro examinar alguns barris que eu lá encontrara. Interessei-me então pelo conteúdo de algumas latas de biscoito e abri uma delas. Vi algo com o rabo do olho – uma fisionomia avermelhada – e me virei abruptamente.

Atrás de mim estendia-se o pátio, de um preto e branco vívido sob o luar, e a pilha de lenha e de gravetos sob a qual Moreau e suas mutiladas vítimas jaziam umas sobre as outras. Pareciam agarrar-se num derradeiro combate vingativo. Suas feridas escancaravam-se, negras como a noite, e o sangue que escorrera se estendia em faixas escuras pela areia. Vi então, sem entender, a causa de meu fantasma – um avermelhado fulgor que viera, dançara e subira no muro na extremidade oposta ao pátio. Interpretei mal aquilo, imaginando tratar-se de um reflexo de minha bruxuleante lanterna, e voltei-me novamente para as reservas no celeiro. Continuei a fuçar no meio daquilo tudo, nos limites de um homem de um braço só, encontrando uma coisa conveniente ou outra, e deixando-as de lado, para a partida do dia seguinte. Meus movimentos eram lentos e o tempo passava rápido. Imperceptivelmente, a luz do dia emergia diante de mim.

A cantoria se dissipara, dando lugar a um clamor; então, ela recomeçou e de repente degenerou num tumulto. Ouvi gritos de "Mais, mais!" – um som que se assemelhava a uma querela e um súbito e selvagem guincho. A intensidade dos sons se alterava tanto que chamou minha atenção. Fui até o pátio para escutar. Então, cortando como uma navalha em meio à confusão, ouvi o disparo de um revólver.

Precipitei-me imediatamente através de meu quarto até a pequena entrada. Enquanto corria, ouvi algumas das caixas atrás de mim desmoronarem em bloco e o ruído de vidros se estilhaçando sobre o chão do celeiro. Mas não dei atenção àquilo. Abri a porta e olhei para fora.

Sobre a praia, perto da chalupa, uma fogueira queimava, espalhando faíscas pela indistinção da alvorada. Em volta, debatia-se uma massa de figuras pretas. Ouvi Montgomery chamar meu nome. Comecei a correr na direção do fogo com o revólver em minha mão. Vi a língua rosada do fogo da pistola de Montgomery lamber o solo. Ele estava caído. Gritei com todas as minhas forças e atirei a esmo. Ouvi alguém gritar – O Mestre! A massa compacta se esfacelou em unidades esparsas, o fogo explodiu no ar e se apagou. A multidão de homens-animais, em súbito pânico diante de mim, fugiu pela praia. Em minha excitação, atirei em sua direção enquanto desapareciam entre os bosques. Então, voltei-me para as saliências escuras sobre o chão.

Montgomery estava deitado de barriga para cima com o homem-animal de pelugem cinzenta estendido sobre seu corpo. O bruto havia morrido, mas ainda agarrava a garganta de Montgomery com suas garras curvas. Ali perto jazia M'ling, deitado de bruços e absolutamente inerte, seu pescoço dilacerado por uma mordida e a parte superior da garrafa de conhaque esmagada em sua mão. Duas outras figuras encontravam-se estendidas perto do fogo – uma delas sem nenhum movimento, a outra grunhindo agitadamente, erguendo lentamente a cabeça de vez em quando e então deixando-a cair novamente.

Agarrei o homem cinzento e afastei-o do corpo de Montgomery; enquanto eu o arrastava para longe, as garras da criatura puxaram relutantemente para baixo o casaco dele. Montgomery tinha o rosto sombrio e mal respirava. Respinguei água do mar em seu rosto e usei meu casaco enrolado como travesseiro sob sua cabeça. M'ling estava morto. Constatei que a criatura ferida perto do fogo – era um bruto lupino com uma face barbuda e cinzenta – jazia com a parte dianteira de seu corpo sobre a madeira ainda incandescente. A miserável Coisa encontrava-se tão fatalmente ferida que, por misericórdia, explodi imediatamente seus miolos. O outro bruto era um dos homens-touro enfaixados de branco. Ele também estava morto. O resto do povo animal desaparecera da praia.

Fui novamente até Montgomery e ajoelhei-me ao seu lado, amaldiçoando minha ignorância em medicina. O fogo ao meu lado se apagara e restavam apenas pedaços carbonizados de madeira brilhando no centro, misturados a cinzas. Fiquei tentando imaginar onde Montgomery porventura havia conseguido encontrar lenha. Vi então que o crepúsculo se aproximava. O céu estava mais claro, a lua poente se tornava pálida e opaca no luminoso azul do dia. A leste, o céu pintara-se de vermelho.

Ouvi um baque e um silvo atrás de mim e, olhando ao meu redor, levantei-me com um grito de horror. Contra a calorosa alvorada, grandes e emaranhadas massas de fumaça negra emergiam do recinto e, através de sua tempestuosa escuridão, projetavam-se cintilantes fios de chamas vermelho-sangue. Então, o telhado de palha foi consumido. Vi as chamas curvas atacarem a palha inclinada. Um jorro de fogo projetou-se pela janela de meu quarto.

Soube imediatamente o que havia acontecido. Lembrei-me do estrondo que tinha ouvido. Ao precipitar-me para ajudar Montgomery, eu derrubara a lanterna.

A inutilidade de tentar salvar qualquer um dos conteúdos do recinto saltou aos meus olhos. Minha mente voltou-se para o meu plano de fuga e, virando-me ligeiramente, procurei olhar para onde os dois barcos estavam na praia. Tinham desaparecido! Havia dois machados caídos sobre a areia diante de mim; lascas e estilhaços de madeira espalhados por todo lado, e as cinzas da fogueira escureciam-se e fumegavam sob a alvorada. Montgomery queimara os barcos para vingar-se de mim e impedir nosso retorno à humanidade!

Uma súbita convulsão de raiva tomou conta de mim. Fui quase levado a arrebentar sua cabeça estúpida, enquanto ele permanecia ali, desamparado, aos meus pés. Então, inesperadamente sua mão se mexeu, tão frágil e pateticamente que meu ódio se dissipou. Ele grunhiu e abriu os olhos por um instante. Ajoelhei-me ao seu lado e ergui sua cabeça. Ele abriu novamente os olhos, contemplando silenciosamente a alvorada até encontrar meu olhar. Suas pálpebras caíram.

– Sinto muito – ele disse com algum esforço. Parecia tentar pensar. – É o que resta – murmurou –, o que resta deste tolo universo. Que bagunça...

Eu escutava. Sua cabeça pendeu desamparadamente para um lado. Pensei que alguma bebida poderia reanimá-lo, mas não havia nem bebida nem recipiente para trazer-lhe algo para beber. Então, ele pareceu mais pesado. Meu coração gelou. Debrucei-me sobre seu rosto e pus minha mão através do rasgo em sua blusa. Ele estava morto. Enquanto ele morria, uma linha de calor escaldante, uma extensão do sol, elevou-se a leste, além da baía, espalhando sua radiância pelo céu e transformando o mar sombrio num encapelado tumulto de luz deslumbrante. Aquilo caiu como a glória em seu contraído semblante de morte.

Deixei sua cabeça repousar suavemente sobre o grosseiro travesseiro que eu improvisara para ele e levantei-me. Diante de mim havia a cintilante desolação do mar, a horrenda solidão sobre a qual eu já sofrera tanto; atrás de mim, a ilha, dissimulada pela alvorada, e seus habitantes bestiais, silenciosos e ocultos. O recinto, com todas as suas provisões e munições, ardia ruidosamente, com jorros de chamas, uma intermitente crepitação e ocasionais estrondos. A pesada fumaça se afastava pela praia, rolando por sobre o distante topo das árvores na direção das cabanas no desfiladeiro. Ao meu lado estavam os carbonizados vestígios dos barcos e os quatro cadáveres.

Então, saíram da floresta três homens-animais, com ombros curvados, cabeças protuberantes, mãos deformadas estranhamente erguidas e olhos inquisitivos e hostis, avançando na minha direção com gestos hesitantes.

Capítulo XX – A sós com o povo animal

Ao olhar para aquela gente, eu via nela meu próprio destino, agora sozinho – e com o agravante de ter um braço fraturado. Em meu bolso havia um revólver com duas câmaras vazias no tambor. Entre as lascas espalhadas pela praia, viam-se os dois machados que foram utilizados para despedaçar os barcos. A maré afluía atrás de mim. Tudo o que me restava era coragem. Olhei diretamente para a face dos monstros que se aproximavam. Evitaram o meu olhar, e suas trêmulas narinas farejavam os corpos que jaziam à minha frente sobre a praia. Dei meia dúzia de passos, apanhei o açoite manchado de sangue que estava atrás do corpo do homem-lobo e o estalei. Eles pararam e me encararam.

– Cumprimentem-me! – exclamei. – Inclinem-se!

Hesitaram. Um deles dobrou os joelhos. Repeti minha ordem com o coração na boca e avancei em sua direção. Um deles se ajoelhou; em seguida, os outros dois o imitaram.

Virei-me e caminhei na direção dos cadáveres, mantendo meu rosto voltado para os três homens-animais ajoelhados, assim como um ator que, ao atravessar o palco, encara a plateia.

– Eles infringiram a Lei – eu disse, apoiando meu pé sobre o Guardião da Lei. – Eles foram mortos... mesmo o Guardião da Lei; mesmo o outro com o açoite. Grande é a Lei! Venham ver.

– Ninguém escapa – disse um deles, avançando e examinando.

– Ninguém escapa – concordei. – Assim, ouçam e façam o que eu ordenar.

Ergueram-se, olhando-se de modo inquisitivo uns para os outros.

– Fiquem parados aqui – ordenei.

Apanhei os machados e pendurei-os pela lâmina na tipoia que sustentava meu braço; virei o corpo de Montgomery, peguei seu revólver, ainda carregado em duas câmaras, e, inclinando-me para procurar em seus bolsos, encontrei mais meia dúzia de cartuchos.

– Peguem-no – eu disse, levantando-me e apontando com o açoite –; peguem-no, levem-no e atirem-no ao mar.

Aproximaram-se, claramente ainda atemorizados por Montgomery, mas ainda mais atemorizados pelo estalo de meu chicote vermelho. Depois de alguma trapalhice e hesitação, alguns estalos de açoite e gritos, eles o ergueram cautelosamente, carregaram-no pela praia e avançaram pela deslumbrante ondulação do mar.

– Continuem! – gritei. – Continuem! Levem-no para longe.

Avançaram até que a água atingisse suas axilas e lá permaneceram a me olhar.

– Vamos! – eu disse; e o corpo de Montgomery desapareceu com uma onda. Algo pareceu apertar-se em meu peito.

– Bom! – eu disse com uma falha em minha voz; e eles retornaram, apressadamente e atemorizados, até a margem da água, deixando longos rastros negros na areia prateada. No limite da água, detiveram-se, viraram-se e olharam para o mar como se esperassem que Montgomery emergisse dali e exigisse vingança.

– Agora estes – eu disse, apontando para os demais corpos.

Tomaram o cuidado de não se aproximar do lugar onde haviam atirado Montgomery, carregando, em vez disso, os quatro homens-animais mortos obliquamente pela praia, por talvez uns cem metros, antes de entrar no mar e atirá-los na água.

Enquanto eu os observava desfazendo-se dos mutilados restos de M'ling, ouvi uma leve passada atrás de mim. Virando-me rapidamente, vi o grande hiena-porco a talvez doze metros de distância. Sua cabeça estava inclinada para a frente, seus cintilantes olhos mantinham-se fixos em mim, seus braços atarracados tinham os punhos cerrados e permaneciam ao lado de seu corpo. Ele ficou parado nessa posição agachada quando eu me virei, com seus olhos levemente desviados.

Por um instante, ficamos a nos olhar, um nos olhos do outro. Deixei cair o açoite e saquei a pistola de meu bolso, porque minha intenção era, ao primeiro pretexto, matar aquele bruto, o mais formidável de todos os que agora subsistiam na ilha. Isso pode parecer traiçoeiro, mas eu estava decidido a fazê-lo. Eu tinha mais medo dele do que de qualquer outro par de homens-animais. A continuação de sua vida era, eu o sabia, uma ameaça à minha.

Levei talvez doze segundos para recompor-me. Então gritei:

– Cumprimente-me! Incline-se!

Seus dentes reluziram diante de mim com um rosnado:

– Quem é você para que eu deva...

Saquei, talvez um pouco desajeitado, meu revólver, mirei rapidamente e atirei. Ouvi-o urrar, vi-o correr lateralmente e virar; eu soube que tinha errado e engatilhei novamente o revólver com meu polegar para o próximo tiro. Mas ele já estava correndo vertiginosamente, pulando de um lado para o outro, e não ousei arriscar um novo erro. De quando em quando, ele me olhava por sobre o ombro. Avançou obliquamente pela praia e desapareceu atrás das massas moventes de fumaça densa que ainda extravasavam do recinto ardente. Por algum tempo tentei encontrá-lo com os olhos. Voltei-me novamente para meus três obedientes homens-animais e dei-lhes um sinal para que largassem o corpo que ainda carregavam. Então, retornei ao lugar ao lado da fogueira onde os corpos haviam caído e chutei a areia até que todas as manchas de sangue fossem absorvidas e escondidas.

Dispensei meus três servos com um aceno de mão e subi pela praia até a mata. Eu segurava minha pistola com a mão, tendo o açoite e os machados pendurados na tipoia de meu braço. Eu ansiava por estar sozinho, para refletir sobre a posição em que agora me encontrava. Apenas então comecei a dar-me conta de algo apavorante: agora, não havia mais, em toda a ilha, algum lugar seguro onde eu pudesse ficar sozinho e protegido para descansar ou dormir. Eu surpreendentemente recuperara as forças desde minha chegada, mas ainda tendia a ficar nervoso e a desmoronar sob qualquer grande estresse. Eu sentia que devia atravessar a ilha e estabelecer-me entre o povo animal, e ganhar sua confiança para ficar em segurança. Mas faltava-me coragem. Retornei à praia e, virando a leste, passando pelo recinto em chamas, avancei até o ponto em que um raso braço de areia de coral se estendia na direção do recife. Ali eu podia sentar-me e pensar, de costas para o mar e com os olhos atentos contra qualquer surpresa. E permaneci sentado, com o queixo sobre os joelhos, o sol batendo em minha cabeça e um indescritível pavor em minha mente, planejando como eu poderia sobreviver até a hora de meu resgate (se é que o resgate um dia viria). Tentei rever toda a situação com toda a calma possível, mas era difícil afastar o peso da emoção.

Comecei a vasculhar em minha mente em busca da razão do desespero de Montgomery.

"Eles se transformarão", ele disse. "Com certeza, eles se transformarão."

E quanto a Moreau, o que é que ele havia dito? "Dia após dia, a teimosa carne animal torna a crescer" – então meus pensamentos se voltaram para o hiena-porco. Eu tinha certeza de que, se eu não matasse aquele bruto, ele me mataria. O Guardião da Lei estava morto: pior ainda. Agora, eles sabiam que "nós com os açoites" podíamos ser mortos ainda que eles mesmos fossem assassinados. Será que já me espreitavam através das distantes massas verdes de samambaias e palmeiras, observando-me até que eu estivesse ao seu alcance? Estavam eles conspirando contra mim? O que é que o hiena-porco lhes estava contando? Minha imaginação me arrastava para um pântano de temores insubstanciais.

Meus pensamentos eram perturbados pelo grito de gaivotas precipitando-se na direção de algum objeto preto que fora trazido pelas ondas até a praia perto do recinto. Eu sabia que objeto era aquele, mas eu não tinha coragem de retornar e afugentá-las. Comecei a andar pela praia na direção oposta, planejando dar a volta pela extremidade leste da ilha e, assim, alcançar o desfiladeiro das cabanas sem atravessar as possíveis emboscadas na mata.

Após caminhar por, talvez, um quilômetro e meio pela praia, percebi um de meus três homens-animais saindo do bosque e avançando na minha direção. Eu estava agora tão enervado por minha imaginação que imediatamente saquei meu revólver. Até mesmo os gestos apaziguadores da criatura foram insuficientes para desarmar-me. Ela hesitou ao aproximar-se.

– Vá embora! – gritei.

Havia algo que lembrava um cachorro na retraída atitude da criatura. Ela recuou um pouco, tal qual um cão enxotado, e parou, olhando-me de maneira suplicante com seus olhos castanhos e caninos.

– Vá embora – repeti. – Não se aproxime de mim.

– Não posso aproximar-me do senhor? – disse a Coisa.

– Não, vá embora – insisti e estalei meu açoite. – Então, colocando o açoite entre meus dentes, agachei-me para apanhar uma pedra, e com tal ameaça afugentei a criatura.

Então, dei solitariamente a volta para chegar ao desfiladeiro do povo animal e, escondendo-me entre as plantas e juncos que o separavam do mar, observei alguns deles à medida que apareciam, procurando avaliar, com base em seus gestos e em sua aparência, como a morte de Moreau e Montgomery e a destruição da Casa da Dor os afetara. Tenho agora ciência da loucura de minha covardia. Se eu tivesse mantido a coragem que exibira na alvorada, se eu não tivesse permitido que ela degenerasse durante aquelas horas de reflexão solitária, eu talvez tivesse apanhado o cetro abandonado de Moreau e governado o povo animal. Daquela maneira, eu perdera tal oportunidade e fora reduzido à posição de um mero líder entre meus semelhantes.

Por volta do meio-dia, alguns deles vieram acocorar-se sobre a areia ardente. As imperiosas vozes da fome e da sede prevaleceram sobre o meu medo. Emergi dos arbustos e, com o revólver em minha mão, desci até onde se encontravam aquelas figuras sentadas. Uma delas, a mulher-loba, virou sua cabeça e encarou-me, sendo então imitada pelos outros. Ninguém fez sinal de levantar-se ou de me cumprimentar. Eu estava frágil e cansado demais para insistir e deixei o momento passar.

– Quero comida – eu disse de maneira quase escusatória enquanto me aproximava.

– Há comida nas cabanas – disse um homem-boi-javali em tom sonolento e olhando para o outro lado.

Passei por eles e desci rumo à escuridão e aos odores do quase deserto desfiladeiro. Numa cabana vazia, devorei algum fruto manchado e parcialmente deteriorado; e, então, depois de ter apoiado alguns galhos e gravetos na entrada e ter-me instalado com o rosto virado para ela e a mão sobre o revólver, fui dominado pela exaustão das últimas trinta horas e caí num leve sono, esperando que a frágil barricada que eu erguera fizesse ruído suficiente, ao ser removida, para evitar que eu fosse pego de surpresa.

Capítulo XXI – A reversão do povo animal

Daquela maneira, tornei-me mais um entre os homens-animais na ilha do doutor Moreau. Quando despertei, estava escuro ao meu redor. Meu braço doía entre as bandagens. Sentei-me, tentando imaginar onde eu poderia estar. Ouvi vozes roucas falando do lado de fora. Então vi que minha barricada desaparecera e que a abertura da cabana estava livre. Meu revólver ainda estava em minha mão.

Ouvi algo respirando, vi algo encolhido logo ao meu lado. Segurei minha respiração tentando ver o que era. Aquilo começou a se mover lenta e interminavelmente. Então algo suave, quente e úmido passou pela minha mão. Todos os meus músculos se contraíram. Afastei imediatamente minha mão. Um grito de alarme se esboçou e ficou preso em minha garganta. Dei-me conta, então, o suficiente do que acontecera e ergui o revólver.

– Quem está aí? – perguntei num rouco sussurro, ainda apontando o revólver.

– Eu... mestre.

– Quem é você?

– Dizem que não há mestre agora. Mas eu sei, eu sei. Carreguei os corpos para o mar, ó, andarilho do mar! Os corpos daqueles que o senhor matou. Sou seu escravo, mestre.

– Você é aquele que encontrei na praia? – perguntei.

– O próprio, mestre.

A Coisa era claramente fiel, pois poderia ter me atacado enquanto eu dormia.

– Assim está bem – eu disse, estendendo minha mão para outra lambida.

Comecei a perceber o que sua presença significava e a maré de minha coragem afluiu.

– Onde estão os outros? – perguntei.

– Estão loucos; são tolos – disse o homem-cão. – Neste momento, estão conversando juntos ali. Eles dizem: "O mestre está morto. O outro com o açoite está morto. O outro que andou no mar é como nós. Não temos mais mestre, nem açoites, nem Casa da Dor. Tudo acabou. Amamos a Lei e vamos mantê-la; mas não, nunca mais haverá dor, nem mestre, nem açoites". É o que dizem. Mas eu sei, mestre, eu sei.

Tateei na escuridão e acariciei a cabeça do homem-cão.

– Assim está bem – eu disse novamente.

– Logo o senhor matará todos eles – disse o homem-cão.

– Logo – respondi – eu matarei todos eles... Daqui a alguns dias e depois que algumas coisas acontecerem. Cada um deles, exceto os que você quiser poupar, deve ser morto.

– O que o mestre quiser matar, o mestre mata – disse o homem-cão com certa satisfação em sua voz.

– E, para que os pecados deles possam crescer – eu disse –, deixe-os viver em sua loucura até que sua hora chegue. Não os deixe saber que sou o mestre.

– A vontade do mestre é boa – disse o homem-cão com a rapidez de seu instinto canino.

– Mas alguém pecou – eu disse. – Ele eu vou matar assim que o encontrar. Quando eu disser "é ele", você deverá atirar-se sobre ele. Agora, irei juntar-me aos homens e mulheres que estão reunidos.

Por um momento, a abertura da cabana foi obscurecida pela saída do homem-cão. Então, eu o segui e permaneci em pé, quase no exato ponto em que eu estivera quando ouvira Moreau e seu cão de caça perseguindo-me. Mas agora era noite e todo o miasmático desfiladeiro ao meu redor estava escuro; ao longe, em vez de uma ladeira verde e iluminada pelo sol, eu via um fogo vermelho, diante do qual figuras curvadas e grotescas se moviam de um lado para o outro. Mais além estavam as espessas árvores, um barranco de escuridão encimado pelo laço negro dos galhos superiores. A lua acabava de aparecer na extremidade do desfiladeiro e, qual uma barra negra diante de seu rosto, subia a espiral de vapor que permanentemente vasava das fumarolas da ilha.

– Ande ao meu lado – eu disse, reunindo toda a minha coragem; e, lado a lado, descemos pelo caminho estreito, dando pouca atenção às formas incertas que nos espreitavam de suas cabanas.

Ninguém em volta da fogueira tentou cumprimentar-me. A maioria deles desprezou-me ostensivamente. Olhei ao meu redor em busca do hiena-porco, mas ele não estava lá. No total, talvez vinte dos homens-animais estavam agachados, olhando para o fogo ou conversando um com o outro.

– Ele está morto, ele está morto! O mestre está morto! – disse a voz do homem-macaco à minha direita. – A Casa da Dor... não há Casa da Dor!

– Ele não está morto – eu disse em voz alta. – Neste exato momento, ele nos observa!

Isso os assustou. Vinte pares de olhos me olharam.

– A Casa da Dor se foi – eu disse. – Ela voltará. O mestre vocês não podem ver, no entanto, neste mesmo momento, ele pode ouvi-los.

– Verdade, verdade! – disse o homem-cão.

Eles estavam desconcertados com minha segurança. Um animal pode ser feroz e astuto, mas apenas um verdadeiro homem pode contar uma mentira.

– O homem com o braço enfaixado diz uma coisa estranha – disse um dos homens-animais.

– Eu lhes digo que é assim – eu disse. – O mestre e a Casa da Dor voltarão. Que o sofrimento recaia sobre aquele que infringir a Lei!

Olharam-se uns para os outros com curiosidade. Com uma afetação de indiferença, comecei a golpear desleixadamente o chão diante de mim com meu machado. Eles olharam, eu notei, para os profundos cortes que eu fazia na grama.

Então, o sátiro levantou uma dúvida. Eu lhe respondi. Em seguida, uma das coisas malhadas fez uma objeção, e uma animada discussão se desenvolveu ao redor da fogueira. A cada momento, comecei a me sentir mais convicto de minha atual segurança. Eu falava agora sem perder o fôlego pela intensidade de minha excitação, o que inicialmente me perturbara. Após, aproximadamente, uma hora, eu realmente convencera vários dos homens-animais da veracidade de minhas asserções e deixara a maioria dos demais em dúvida. Mantive um olho atento para o meu inimigo, o hiena-porco, mas ele não apareceu mais. De quando em quando, um movimento suspeito me assustava, mas minha confiança rapidamente se fortaleceu. Então, à medida que a lua descia do zênite, os ouvintes começaram, um após o outro, a bocejar (exibindo seus estranhíssimos dentes à luz do fogo agonizante), e cada um, sucessivamente, se retirou para as tocas no desfiladeiro; e eu, amaldiçoando o silêncio e a escuridão, os segui, sabendo que estava mais a salvo com vários deles do que com um só.

Dessa maneira, iniciou-se a parte mais longa de minha estada na ilha do doutor Moreau. Porém, entre aquela noite e o fim, houve apenas um acontecimento a ser relatado, além de uma série de inúmeros pequenos detalhes desagradáveis e do desgaste da incessante inquietação. Assim, em vez de fazer uma crônica daquele intervalo de tempo, prefiro relatar um único incidente cardinal ocorrido nos dez meses que passei como íntimo daquelas bestas semi-humanizadas. Há muito que permanece em minha memória e que eu poderia escrever – coisas que eu daria alegremente minha mão direita para esquecer, mas elas não contribuem para o relato da história.

Em retrospecto, é estranho lembrar com que rapidez eu me ajustara ao modo de viver daqueles monstros e ganhara novamente sua confiança. Tive, é claro, minhas querelas com eles e poderia, ainda hoje, mostrar algumas das marcas deixadas por seus dentes; mas eles logo manifestaram um salutar respeito por meu truque de atirar pedras e pela pungência de meu machado. E a lealdade de meu homem-são-bernardo era de inestimável valor para mim. Constatei que a simples escala de honra daquela gente se baseava, principalmente, na capacidade de infligir ferimentos profundos. Com efeito, posso dizer – sem vaidade, espero – que eu adquirira uma espécie de preeminência entre eles. Um ou dois deles, que num raro acesso de boa disposição eu ferira gravemente, guardavam certo ressentimento por mim; mas tal sentimento se expressava, sobretudo, pelas minhas costas, a uma distância segura de meus projéteis e por meio de caretas.

O hiena-porco me evitava e me mantinha sempre em estado de alerta. Meu inseparável homem-cão o odiava e o temia intensamente. Acredito realmente que aquilo era a raiz da afeição daquele bruto por mim. Logo ficou evidente para mim que aquele outro monstro sentira o gosto do sangue e seguira os passos do homem-leopardo. Ele formou uma toca em algum lugar da floresta e se tornou solitário. Certa vez, tentei induzir o povo animal a caçá-lo, mas eu carecia da autoridade para fazê-los cooperar num único objetivo. Por diversas vezes, tentei aproximar-me de sua toca e pegá-lo desprevenido; mas ele sempre se mostrava sagaz demais para mim; via-me ou farejava-me e fugia. Ele também tornou cada caminho da floresta perigoso para mim e meu aliado, com suas persistentes emboscadas. O homem-cão mal ousava sair do meu lado.

Durante um mês, aproximadamente, o povo animal, comparado à sua condição posterior, permaneceu suficientemente humano, e, por um ou dois deles, além de meu amigo canino, eu até desenvolvi uma amistosa tolerância. A pequena criatura rosada manifestava um estranho afeto por mim e passou a seguir-me por todo lado. O homem-macaco, porém, me aborrecia; ele presumiu que, em razão de seus cinco dedos, era meu semelhante, e estava sempre tagarelando comigo – proferindo as mais absolutas sandices. Uma coisa, porém, a seu respeito me divertia um pouco: ele tinha a fantástica habilidade de cunhar novas palavras. Ele acreditava, penso, que dizer palavras sem significado era usar corretamente a linguagem. Ele denominava isso "grandes pensares" para distingui-lo dos "pequenos pensares", os sadios interesses cotidianos da vida. Se porventura eu fizesse alguma observação que ele não compreendesse, ele a prezaria fortemente, pediria para que eu a dissesse novamente, aprendê-la-ia de cor e sairia por aí repetindo-a, com uma palavra errada ou outra, para os mais mansos dos homens-animais. Ele não tinha nenhum interesse pelo que era simples e compreensível. Inventei alguns curiosíssimos "grandes pensares" para seu uso particular. Acredito agora que ele era a criatura mais tola que eu encontrara; ele desenvolvera, da maneira mais maravilhosa, a tolice peculiar do homem, sem perder nada da loucura natural de um macaco.

Isso, repito, foi nas primeiras semanas de minha solidão entre aqueles brutos. Durante aquele tempo, eles respeitaram os usos estabelecidos pela Lei e se comportaram, de modo geral, com decoro. Certa vez, encontrei outro coelho despedaçado – pelo hiena-porco, tenho certeza –, mas isso foi tudo. Por volta de maio, pela primeira vez, percebi claramente uma diferença cada vez mais acentuada em sua fala e em sua postura, uma crescente dificuldade na articulação, uma crescente indisposição a falar. A tagarelice de meu homem-macaco multiplicou-se em volume, mas tornou-se cada vez menos compreensível e cada vez mais simiesca. Alguns dos outros pareciam, de modo geral, perder o domínio da palavra, embora, naquele momento, ainda compreendessem o que eu lhes dizia (podem os senhores imaginar a linguagem, antes clara e exata, afrouxando-se e degenerando, perdendo forma e sentido, reduzindo-se novamente a meros fragmentos de som?). E eles andavam eretos com crescente dificuldade. Embora estivessem claramente envergonhados de si mesmos, de quando em quando eu deparava com um ou outro correndo de quatro e absolutamente incapaz de recuperar sua posição vertical. Seguravam as coisas de maneira mais desajeitada; beber por sucção e roer a comida tornavam-se, a cada dia, mais comuns. Percebi, mais claramente do que nunca, o que Moreau dissera a respeito da "teimosa carne animal". Eles estavam regredindo, e regredindo muito rapidamente.

Alguns deles – os pioneiros naquele processo, notei com alguma surpresa, eram todos fêmeas – começaram a desprezar as normas de decência, na maioria dos casos de maneira deliberada. Outros até cometeram ultrajes à instituição da monogamia. A tradição da Lei claramente perdia sua força. Não quero prosseguir com esse assunto desagradável.

Meu homem-cão imperceptivelmente retrocedeu à condição de cão; dia após dia, tornava-se estúpido, quadrúpede, peludo. Eu mal notei a transição do companheiro fiel ao cachorro cambaleante ao meu lado.

À medida que a displicência e a desorganização se ampliavam dia após dia, a vila das habitações, que nunca fora muito agradável, se tornou tão repulsiva que tive de abandoná-la e, atravessando a ilha, construí para mim mesmo uma choupana de ramos, entre as ruínas sombrias do recinto de Moreau. Eu percebera que a lembrança da dor ainda fazia daquele o lugar mais seguro contra o povo animal.

Ser-me-ia impossível detalhar cada passo da regressão daqueles monstros – dizer como, dia após dia, sua semelhança com o ser humano se dissipou; como deixaram de lado as bandagens e os invólucros e abandonaram finalmente até a última peça de vestimenta; como sua pelugem começou a espalhar-se por seus membros; como suas testas recuaram e suas faces se projetaram para a frente; como a intimidade quase humana que eu me permitira ter com alguns deles no primeiro mês de minha solidão se tornou um horror cuja lembrança provoca calafrios.

A mudança foi lenta e inexorável. Para eles, assim como para mim, ela veio sem produzir nenhum impacto imediato. Eu ainda caminhava entre eles com segurança, pois nenhum distúrbio libertara a crescente carga de explosivo animalismo que, dia após dia, desalojava o elemento humano. Mas comecei então a temer que tal revés não tardaria a vir. Meu bruto são-bernardo me seguia até o recinto todas as noites, e sua vigilância me permitia, por vezes, ter algo que se assemelhava a um sono tranquilo. A pequena preguiça rosada tornou-se arredia e por fim me deixou para retroceder à sua vida natural, entre os galhos das árvores. Encontrávamo-nos exatamente no estado de equilíbrio que haveria em uma daquelas jaulas do tipo "família feliz",[42] que alguns domadores de animais exibem, caso o domador a abandonasse para sempre.

Aquelas criaturas não degeneraram, é claro, à condição de animais como os que o leitor vê em jardins zoológicos – isto é, à dos ursos, lobos, tigres, bois, porcos e símios ordinários. Ainda havia algo estranho a respeito de cada uma delas; Moreau mesclara, em cada uma, um animal a outro. Uma talvez fosse principalmente ursina, outra principalmente felina e outra principalmente bovina; mas cada uma estava mesclada a outras criaturas – sendo que uma espécie de animalismo geral aparecia em meio às disposições específicas. E os diminutos resíduos de humanidade ainda me assustavam de vez em quando – talvez uma momentânea recrudescência da palavra, uma inesperada destreza das patas dianteiras ou uma patética tentativa de andar ereto.

Eu também devo ter sofrido estranhas mudanças. Minhas roupas ficavam penduradas em mim como farrapos amarelados, cujos rasgos exibiam a pele bronzeada. Meus cabelos estavam longos e emaranhados. Dizem-me que, até hoje, meus olhos têm um estranho brilho, uma veloz percepção de movimento.

De início, passei as horas do dia na praia meridional, procurando uma embarcação, esperando e rezando por uma embarca-

42. Happy Family eram grandes jaulas nas quais era exibida uma variável quantidade de animais – na maioria das vezes, aves, embora, nas versões mais audaciosas, felinos vorazes (leões, panteras, tigres) dividissem o mesmo espaço. (N. T.)

ção. À medida que o ano transcorria, eu contava com o retorno do Ipecacuanha, mas ele nunca veio. Por cinco vezes, avistei velas, e três vezes, fumaça; mas nada jamais se aproximou da ilha. Eu sempre mantinha uma fogueira pronta, mas a fumaça era, sem dúvida, atribuída à reputação vulcânica da ilha.

Foi apenas por volta de setembro ou outubro que comecei a pensar em construir uma balsa. Naquela época, meu braço estava curado e as minhas mãos ficaram novamente ao meu dispor. Inicialmente, meu desamparo me parecia aterrador. Eu nunca tivera nenhuma prática de carpintaria ou qualquer trabalho semelhante em minha vida, e passava meu tempo, dia após dia, tentando derrubar árvores e juntá-las num feixe. Eu não tinha cordas e não podia cortar nada com que pudesse fazer cordas; nenhum dos abundantes cipós parecia suficientemente flexível ou forte, e, com todos os meus conhecimentos de educação científica, não podia imaginar um meio de torná-los adequados. Passei mais de uma quinzena fuçando entre as ruínas negras do recinto e na praia, onde os barcos haviam sido queimados, procurando pregos e outras peças perdidas de metal que pudessem mostrar-se úteis. De vez em quando, algumas criaturas bestiais vinham observar-me e fugiam aos saltos quando eu as chamava. Houve uma estação de tempestades e chuva intensa, o que atrasou sobremaneira meu trabalho; mas, finalmente, minha balsa ficou pronta.

Eu estava encantado com minha obra. Porém, devido a certa falta de senso prático, o que sempre foi minha desgraça, eu a construíra a quase dois quilômetros de distância do mar; e antes que eu a conseguisse arrastar até a praia, a coisa já se tinha despedaçado. Talvez tenha sido bom que eu tivesse sido impedido de lançá-la; entretanto, naquele momento, minha infelicidade com meu fracasso era tão aguda que, por alguns dias, eu simplesmente errei pela praia, olhando para o mar e pensando na morte.

Eu não pretendia, porém, morrer, e ocorreu um acidente que me alertou de forma inequívoca para a loucura de deixar os dias passarem – pois cada novo dia vinha carregado de crescente perigo por parte do povo animal.

Eu estava estendido à sombra do muro do recinto, olhando para o mar, quando fui surpreendido por algo frio tocando a pele de meu calcanhar. Ao virar-me, encontrei a pequena preguiça rosada piscando os olhos diante de mim. Havia muito tempo que ela perdera a fala e o movimento ativo, e sua pelugem fina se tornava a cada dia mais espessa, e suas atarracadas garras, cada vez mais curvas. Depois de atrair minha atenção, ela emitiu um som de lamento, saiu pelos bosques e voltou-se para a minha direção.

De início, não entendi, mas então me ocorreu que ela queria que eu a seguisse; foi o que fiz afinal – lentamente, pois fazia calor. Quando alcançamos as árvores, ela as escalou, pois podia deslocar-se melhor por seus balançantes cipós do que pelo chão. Subitamente, num espaço aberto, deparei com um sinistro grupo. Minha criatura-são-bernardo jazia sobre o chão, morta; e, perto de seu corpo, agachava-se o hiena-porco, agarrando a carne trêmula com suas garras deformadas, roendo-a e rosnando com deleite. Conforme me aproximei, o monstro ergueu seus cintilantes olhos na direção dos meus, seus lábios recuaram tremulamente exibindo seus dentes manchados de sangue e ele grunhiu ameaçadoramente. Ele não estava com medo nem com vergonha; o último vestígio de humanidade desaparecera. Dei mais um passo à frente, parei e saquei meu revólver. Finalmente, eu o tinha na minha mira.

O bruto não emitiu nenhum sinal de recuo, porém suas orelhas se retraíram, sua pelugem se eriçou e seu corpo se encolheu. Mirei entre os olhos e atirei. No mesmo instante, a Coisa lançou-se diretamente sobre mim com um salto e fui derrubado como pinos de boliche. A Coisa me agarrou com sua mão deformada e atingiu-me no rosto. Seu pulo a projetou sobre mim. Caí e fiquei embaixo da parte de trás de seu corpo; por sorte, eu a atingira como pretendido, e a Coisa morrera no mesmo momento em que saltara. Arrastei-me para longe, saindo de baixo daquela massa insalubre, e levantei-me, trêmulo, olhando fixamente para o seu corpo palpitante. Aquele perigo, pelo menos, tinha passado; no entanto, eu sabia que aquela era apenas a primeira de uma série de recidivas que estavam por vir.

Queimei ambos os corpos numa pira de lenha; depois daquilo, percebi que, a menos que eu deixasse a ilha, minha morte era apenas uma questão de tempo. Àquela altura, o povo animal havia, com uma ou duas exceções, abandonado o desfiladeiro e feito tocas para si mesmo de acordo com seu gosto nos matagais da ilha. Poucos rondavam durante o dia, a maioria dormia, e a ilha poderia ter parecido deserta a um recém-chegado; entretanto, à noite, o ar era infestado por seus chamados e uivos. Eu tinha pensado em massacrá-los todos, em preparar armadilhas ou enfrentá-los com minha faca. Se possuísse cartuchos suficientes, eu não teria hesitado em começar a matança. Podia agora restar, quando muito, uma vintena de perigosos carnívoros; os mais arrojados já estavam mortos. Após a morte de meu pobre cão, meu último amigo, também adotei, até certa medida, a prática de dormir durante o dia, de sorte a manter-me alerta durante a noite. Reconstruí minha toca nas paredes do recinto com uma abertura tão estreita que fosse o que fosse que tentasse entrar teria necessariamente de fazer um barulho considerável. As criaturas também haviam perdido o domínio da arte de criar o fogo e tornaram a temê-lo. Voltei mais uma vez, agora quase apaixonadamente, a cortar estacas e galhos com a intenção de formar uma balsa para minha fuga.

Encontrei mil dificuldades. Sou o completo oposto de um homem prático (minha escolaridade se encerrou antes dos dias de *Slöjd*[43]), mas encontrei, finalmente, por algum caminho desastrado e tortuoso, a maioria dos requisitos de uma balsa. Desta vez, dei atenção à resistência. O único obstáculo insuperável era que eu não tinha um recipiente para armazenar a água de que eu necessitaria caso errasse por aqueles mares ainda desconhecidos. Eu teria até mesmo tentado a cerâmica, mas a ilha não continha argila. Eu costumava vaguear pela ilha tentando, com todas as minhas forças, resolver aquela última dificuldade. Por vezes, eu me entregava a selvagens surtos de raiva e cortava e estilhaçava alguma desafortunada árvore em minha intolerável vexação. Mas não conseguia pensar em nada.

Veio então um dia, um dia maravilhoso, o qual passei em êxtase. Avistei uma vela a sudoeste, uma pequena vela como a de uma pequena escuna. Imediatamente, acendi uma grande pilha de lenha e lá permaneci, no calor que ela emitia e no calor do sol

43. Termo sueco que designa o artesanato ou o trabalho manual em geral, mas também utilizado para denominar um sistema de educação baseado no aprendizado de ofícios manuais. Esse sistema, iniciado por Uno Cygnaeus em 1865, na Finlândia, foi posteriormente aperfeiçoado e difundido em muitos outros países, como os Estados Unidos. Ainda hoje, ele integra a base curricular em países da Escandinávia, como a Suécia e a Noruega. (N. T.)

do meio-dia, assistindo. Durante o dia inteiro, observei aquela vela, sem comer nem beber nada, até o ponto de ficar tonto; então, as bestas vieram, observaram-me, pareceram querer entender e foram embora. A embarcação ainda estava distante quando a noite caiu e a engoliu; durante a noite inteira, trabalhei para manter minha chama acesa e alta, e os olhos das bestas cintilaram na escuridão maravilhados. Ao amanhecer, a vela estava mais próxima e vi que se tratava da imunda vela ao terço[44] de um pequeno barco. Porém esse último navegava estranhamente. Meus olhos estavam cansados de observar; eu perscrutava, mas não podia acreditar neles. Havia dois homens no barco, sentados no chão – um na proa e o outro ao lado do leme. A embarcação não seguiu reto, deu uma guinada e se afastou.

À medida que o dia clareava, comecei a acenar-lhes com o último retalho de meu casaco, entretanto eles não me notaram e permaneceram sentados, um olhando para o outro. Dirigi-me ao ponto mais extremo do baixo promontório e gesticulei e gritei. Não houve resposta, e o barco continuou avançando a esmo, rumando lentamente, muito lentamente, para a baía. De repente, um grande pássaro branco saiu voando do barco e nenhum dos homens se moveu nem o notou. A ave fez uma volta e passou então a girar no alto com suas imensas asas abertas.

Parei então de gritar, sentei-me sobre o promontório, descansando o queixo sobre as mãos, e observei. Bem lentamente, o barco se desviou para oeste. Eu teria nadado até ele, mas alguma coisa – um temor frio e vago – me deteve. À tarde, a maré encalhou o barco, deixando-o a uns cem metros das ruínas do recinto. Os homens a bordo estavam mortos havia tanto tempo que se despedaçaram quando inclinei lateralmente o barco e os arrastei para fora. Um deles tinha um tufo de cabelo ruivo, como o capitão do Ipecacuanha, e um quepe branco e sujo jazia no fundo do barco.

Enquanto me mantinha em pé ao lado do barco, três dos animais emergiram dos bosques e vieram farejando na minha direção. Um de meus espasmos de desgosto tomou conta de mim. Empurrei o pequeno barco até o mar e subi a bordo. Dois dos bru-

44. Vela que tem um terço da altura total do mastro, com base na quadrada. (N. T.)

tos eram criaturas lupinas e avançavam com narinas palpitantes e olhos cintilantes; o terceiro era a horrível e indescritível mistura de urso e touro. Quando os vi se aproximar daqueles miseráveis corpos, os ouvi grunhindo uns para os outros e notei o brilho de seus dentes, um horror frenético sucedeu à minha repulsa. Dei as costas para eles, baixei a vela e comecei a remar para o mar aberto. Eu não tinha coragem de olhar para trás.

Naquela noite, permaneci, entretanto, entre o recife e a ilha, e, na manhã seguinte, dei a volta até o riacho e enchi com água o barril vazio que encontrei a bordo. Então, com toda a paciência que eu era capaz de reunir, coletei uma boa quantidade de frutos e capturei e matei dois coelhos com meus últimos três cartuchos. Enquanto fazia isso, deixei o barco preso a uma projeção interna do recife, por medo do povo animal.

Capítulo XXII – O homem solitário

À tarde, zarpei e, impelido por um leve vento do sudoeste, avancei lenta e firmemente para o alto-mar; a ilha foi se tornando cada vez menor e a frágil espiral de fumaça reduziu-se a uma linha cada vez mais tênue diante de um ardente pôr do sol. O oceano subiu ao meu redor, escondendo aquela baixa e sombria faixa de meus olhos. A luz do dia, a glória perdida do sol, foi desaparecendo do céu, arrastada para o lado como uma luminosa cortina, e finalmente olhei para o golfo de imensidão azul que o brilho do sol dissimula e vi as flutuantes legiões de estrelas. O mar estava calmo, assim como o céu. Eu estava a sós com a noite e o silêncio.

Fiquei assim, à deriva, por três dias, comendo e bebendo comedidamente e meditando sobre tudo o que me acontecera – sem então desejar com intensidade ver homens de novo. Um farrapo sujo me cobria, meu cabelo formava um emaranhado negro: sem dúvida, meus descobridores me veriam como um louco.

É estranho, mas não sentia nenhum desejo de retornar à humanidade. Eu estava apenas feliz por ter deixado a imundície do povo animal. E, no terceiro dia, fui resgatado por um navio que rumava de Apia[45] para São Francisco. Nem o capitão nem seu imediato queriam acreditar em minha história, pensando que a solidão e o perigo me haviam enlouquecido; e, temendo que sua opinião pudesse ser a de outros, abstive-me de continuar a relatar minha aventura, alegando não me recordar de nada do que me acontecera entre o naufrágio do Lady Vain e o momento em que fui resgatado – um intervalo de um ano.

Eu tinha de agir com a mais absoluta circunspeção para livrar-me da suspeita de insanidade. Minha lembrança da Lei, dos dois marinheiros mortos, das emboscadas na escuridão, do corpo no canavial, me assombrava; e, por mais antinatural que isto possa parecer, com meu retorno à humanidade veio, em vez da confiança e da empatia que eu esperava, uma estra-

45. Capital e maior porto de Samoa. (N. T.)

nha acentuação da incerteza e do pavor que eu sentira durante minha estada na ilha. Ninguém queria acreditar em mim. Eu era quase tão estranho aos olhos dos homens quanto eu fora para o povo animal. Talvez eu tivesse assimilado algo da selvageria natural de meus companheiros. Dizem que o terror é uma doença, e, de qualquer maneira, posso hoje confessar que, há muitos anos, um persistente temor se instalou em minha mente – temor semelhante ao que poderia sentir um filhote de leão parcialmente domado.

Meu distúrbio assumia a mais estranha das formas. Eu não conseguia me convencer de que os homens e mulheres que eu encontrava não eram, eles também, outro povo animal, animais em partes forjados à imagem exterior de almas humanas que logo começariam a regredir – apresentando uma primeira marca bestial, depois outra, e assim por diante. Contudo, confidenciei meu caso a um homem estranhamente sagaz – um especialista da mente que conhecera Moreau, e parecia acreditar um pouco em minha história – ele me ajudou consideravelmente, embora eu não acredite que o terror daquela ilha venha um dia a abandonar-me por inteiro. Na maior parte do tempo, ele jaz em algum canto obscuro de minha mente, como uma mera nuvem distante, uma lembrança e uma tênue desconfiança. Mas há momentos em que a pequena nuvem se espalha até escurecer o céu por inteiro. Olho, então, ao meu redor, para os meus semelhantes, e sou tomado pelo medo. Vejo rostos perspicazes e brilhantes, outros sem graça ou perigosos, outros, ainda, inconstantes e insinceros – nenhum que tenha a calma autoridade de uma alma razoável. Sinto como se o animal estivesse surgindo através deles; e que a degradação dos habitantes da ilha logo se reproduzirá em maior escala. Sei que se trata de uma ilusão e que esses aparentes homens e mulheres ao meu redor são de fato homens e mulheres – homens e mulheres para sempre, criaturas perfeitamente razoáveis, repletas de desejos humanos e terna solicitude, emancipados do instinto e não escravos de alguma fantástica Lei –, seres completamente diferentes do povo animal. Não obstante, desvio-me deles, de seus olhares curiosos, de suas perguntas e de sua ajuda, e anseio por estar longe deles e sozinho. Por essa razão, vivo perto de uma planície ampla e livre e posso ali me refugiar sempre que essa sombra se abate sobre minha alma; e muito agradável é a planície vazia sob o céu varrido pelo vento.

Quando morei em Londres, o horror era praticamente insuportável. Eu não podia livrar-me dos homens: suas vozes entravam pelas janelas; portas trancadas eram tênues salvaguardas. Eu saía pelas ruas para combater minha ilusão e mulheres perambulantes miavam para mim; homens furtivos e ávidos me espreitavam invejosamente; trabalhadores extenuados e pálidos passavam tossindo por mim, com olhos cansados e passos impacientes, como cervos cujo sangue escorre de suas feridas; pessoas idosas, curvadas e insípidas, passavam murmurando algo para si mesmas; e uma maltrapilha fila de crianças zombava desdenhosamente de mim. Então, eu entrava em alguma capela – e, mesmo lá, tamanho era o meu distúrbio que o pregador parecia balbuciar "grandes pensares", como fizera o homem-macaco – ou então em alguma biblioteca, e ali os rostos absortos inclinados sobre os livros se assemelhavam a pacientes criaturas aguardando sua presa. Particularmente nauseantes eram os rostos vazios e inexpressivos das pessoas nos trens e ônibus; não pareciam ser meus semelhantes mais do que o seriam cadáveres, de modo que eu não ousava viajar sem me certificar de que estava sozinho. E parecia que até mesmo eu não era uma criatura razoável, apenas um animal atormentado por alguma estranha desordem no cérebro que o fazia vaguear sozinho como um carneiro acometido de cenurose.

Esse, entretanto, é um estado de espírito em que, graças a Deus, eu me encontro mais raramente hoje em dia. Retirei-me da confusão das cidades e das multidões e passo meus dias cercado de livros sábios – brilhantes janelas em nossas vidas, iluminadas pelas reluzentes almas dos homens. Vejo poucos estranhos e tenho apenas uma pequena propriedade. Dedico meus dias a ler e fazer experimentos de química e passo muitas noites em claro estudando astronomia. Existe – embora eu não saiba como ou por quê – uma sensação de paz infinita e de proteção nas cintilantes legiões do céu. É ali, acredito, nas vastas e eternas leis da matéria, e não nos cuidados, pecados e distúrbios diários dos homens, aquilo em que o que quer que seja mais do que mero animal dentro de nós deve encontrar seu consolo e sua esperança. Tenho esperança, ou então não conseguiria viver.

E assim, com esperança e na solidão, encerra-se minha história.

Edward Prendick

NOTA: A substância do capítulo intitulado "O doutor Moreau explica", o qual contém a ideia essencial da história, surgiu como um artigo do *Saturday Review*, em janeiro de 1895. Essa é a única porção desta história que foi publicada anteriormente e foi inteiramente reformulada para que se adaptasse à forma narrativa.

Posfácio

Nascido em 21 de setembro de 1866, no distrito de Bromley, em Kent, na Inglaterra, Herbert George Wells, filho de um lojista e de uma empregada doméstica, manifestou desde cedo sua paixão pela leitura: aos 8 anos de idade, um acidente lhe rendeu uma fratura na perna, levando-o a passar seu tempo de convalescença devorando as páginas das inúmeras obras que seu pai lhe trazia da biblioteca local. O prazer da leitura logo despertaria o desejo de escrever, mas tal ambição não se concretizaria senão muitos anos depois. Após uma adolescência relativamente conturbada, marcada pela constante ameaça da precariedade, uma educação pouco satisfatória e trabalhos pouco animadores como aprendiz, o jovem Herbert obteve, aos 18 anos de idade, uma bolsa de estudos para ingressar no curso de biologia da Normal School of Science (a qual, mais tarde, ganharia o nome de Royal College of Science), em South Kensington, Londres. Graduou-se pela Universidade de Londres em 1888, tornando-se, na sequência, professor de ciências. Talvez não seja exagero dizer que foi precisamente no cruzamento de seu amor pela literatura e de sua formação em biologia que foi semeado o germe do qual brotaria uma de suas obras mais notáveis.

Embora tenha se aventurado por uma multiplicidade de gêneros literários, Wells é mais frequentemente lembrado como um dos pais da ficção científica. Intrigado com as possibilidades de desenvolvimento das ciências, Wells antecipou, em seus escritos mais célebres, algumas das importantes criações tecnológicas do século XX, como o transporte aéreo, as armas nucleares, as viagens no espaço, a engenharia biológica, além de abordar temas que se tornariam fundamentais na literatura de ficção científica, como a invisibilidade, a viagem no tempo e as invasões extraterrestres.

Sua entrada nesse universo não tardou. Após uma primeira publicação sobre biologia (*Textbook of Biology*, 1893), Wells concretizou, pela primeira vez, suas aspirações literárias com a publicação de seu primeiro romance, *A máquina do tempo* (1895), no qual especulava, partindo da hipótese de um veículo capaz de navegar pelo tempo, sobre o futuro distante de uma humanidade que se encontrava então em plena expansão industrial. A imagem pessimista de uma espécie humana degenerada repercutiria em outras de suas obras. Embora o autor tenha se aventurado numa grande variedade de gêneros, foram suas contribuições à ficção científica – as quais também incluem os clássicos *O homem invisível* (1897) e *A guerra dos mundos* (1898) – que fizeram de Wells um escritor de renome internacional. Tais obras não apenas lhe permitiam fantasiar sobre as possibilidades e os perigos dos desdobramentos da ciência e das instituições humanas, mas também forneciam a oportunidade de formular comentários sobre os problemas da sociedade ocidental de seu tempo. Sua obra ficcional estava intimamente ligada às inquietações que moviam sua militância política (a qual o levaria a tornar-se membro da socialista Fabian Society, do escritor George Bernard Shaw) e suas intervenções como influente comentarista dos problemas da contemporaneidade. A tensão entre a crença no ideal do progresso científico e social e certo pessimismo quanto aos desenvolvimentos das sociedades humanas constitui um dos eixos centrais de sua obra literária.

Entre suas obras mais famosas, chama particularmente atenção o inusitado e inovador romance publicado em 1896: *A ilha do doutor Moreau*. Nessa obra, provocantemente definida pelo autor como um "exercício de blasfêmia juvenil", Wells alude aos seus anos de estudante de biologia por meio da terrível história de Edward Prendick, náufrago que, por um concurso fortuito de circunstâncias, se encontra hospedado na ilha do misterioso doutor Moreau, que nela conduz intrigantes experimentos com animais.

Ficção científica, mas também fantasia, parábola, alegoria, farsa... *A ilha do doutor Moreau* certamente desafia os gêneros. O realismo discreto da narrativa não dissimula as reflexões mais amplas que permeiam a obra. Com efeito, o tema da transformação de corpos e mentes pelo método da vivissecção estava, em diferentes níveis, carregado de expressão simbólica. A obra foi concebida e escrita no contexto da difusão e da discussão das teses darwinianas nos meios científicos britânicos; e diversos elementos da trama refletem aquele momento histórico. Existe, na obra, um notável paralelo entre o trabalho desenvolvido pelo doutor Moreau e os temas darwinianos da evolução das espécies e da seleção natural. Nesse sentido, o equilíbrio da narrativa, entre o realismo e a fantasia satírica, não foi necessariamente bem percebido pelos que a leram. A descrição realística dos métodos empregados por Moreau para a humanização de seus pacientes, os quais certamente parecem derrisórios nos dias atuais, já havia suscitado vívidas críticas quando da publicação do romance. Tais descrições, porém, devem ser entendidas de acordo com seu valor alegórico: afinal, nos procedimentos cirúrgicos conduzidos pelo cientista em sua tenebrosa ilha concentravam-se processos evolutivos que exigiriam milhões de anos para se completar. Empregando as técnicas cirúrgicas desenvolvidas pela medicina de seu tempo, Moreau condensa, no espaço de alguns dias, o processo de evolução de animais em seres humanos. Ao explicar seus experimentos a Prendick, o doutor afirma querer meramente testar os limites da plasticidade em seres vivos, mas sua exposição revela um objetivo superior, o de conduzir a espécie humana a transcender a dor física. Um pouco à maneira de outro famoso cientista da literatura fantástica, o Frankenstein de Mary Shelley, há, no horizonte das ultrajantes pesquisas de Moreau, uma forma superior de humanidade. Não obstante, o persistente cientista falha continuamente em sua tarefa, frustrado pela inexorável tendência dos seres submetidos à sua perícia de regredir à sua condição animal. Dessa maneira, Wells – influenciado por seu antigo mestre, o biólogo Thomas Huxley, citado no texto, e afastando-se do otimismo geral de Darwin – se debruçava sobre um dos conceitos controversos das ciências biológicas e sociais do século XIX: a degenerescência.

Pois é da degenerescência e, em última instância, da própria extinção da espécie que trata a obra. Esta não deixava de marcar, destarte, certa ruptura no pensamento de Wells, que aqui parecia distanciar-se da crença inabalável na capacidade humana de evoluir para uma forma superior, que pudesse enfrentar e superar os problemas sociais. Numa série de ensaios publicados na mesma década em que *A ilha do doutor Moreau* foi lançado, Wells questionava a ideia do progresso inexorável da espécie humana, argumentando que os seres humanos, a exemplo de outras espécies, não estavam imunes à extinção e poderiam regredir ou degenerar em formas que se assemelhariam àquelas por eles assumidas nos primeiros estágios de sua evolução.

As mutações animais que assombram a ilha do doutor Moreau emergem como expressão da inquietação do escritor quanto aos desenvolvimentos futuros da raça humana. Não se encontra, aliás, ao término das aventuras de Prendick, nenhuma redenção para a humanidade, a qual, na mente do narrador, já não se distingue claramente das aberrações encontradas na ilha. No fim, Prendick se refugia numa planície longe da civilização, encontrando asilo nos livros e em experimentos científicos: a ambivalência da ciência, expressão do que há de melhor no homem, mas também ferramenta potencial de destruição, emerge claramente nas últimas linhas da obra. Por meio de sua prosa nem sempre elegante, mas sempre dotada de vigor criativo, e com frequentes toques de humor, *A ilha do doutor Moreau* expressa a complexa visão de um autor dividido entre uma crença abalada no progresso do homem e o temor da degenerescência. O escritor faleceria em 1946, depois de testemunhar os horrores da Segunda Guerra Mundial, ao longo da qual se dedicou a formular uma doutrina de direitos humanos.

Laurent de Saes

Este livro foi impresso pela Paym Gráfica e Editora
em fonte Adobe Jenson Pro sobre papel Norbrite Cream 67 g/m²
para a Edipro no inverno de 2018.